二見文庫

双子くノ一　忍法仙界流し

睦月影郎

目次

双子くノ一　忍法仙界流し

第一章　黒百合と白百合

一

「出会え出会えッ……！」

遠くで叫ぶ声を耳にし、不二郎《ふじろう》は目を覚ました。同時に、庭に物々しい気配が感じられ、彼は慌てて飛び起きると、刀を手に寝巻姿のまま部屋を飛び出していった。

ここは北関東にある一万石の里吉藩《さとよし》、十八歳になる辺見《へんみ》不二郎は陣屋敷詰めになったばかりの下級藩士だった。

声は国家老《くにがろう》、山神伊兵衛《やまがみいへえ》のものである。

不二郎が廊下を走り、庭に出てみると、そこでは大立ち回りが繰り広げられていた。

敵は十数人の山賊たちだった。

当藩から男の大部分が利根川の治水工事に参加してしまい、手薄と知って大胆にも陣屋敷を襲ってきたのである。

しかし女ばかりとはいえ、藩にも手練《てだ》れはいた。

輪の中心で賊を斬り結んでいるのは、家老の娘で男装の静香《しずか》。日頃から剣術自慢で、今や鬼神のような働きで夜盗たちを屠《ほふ》っているではないか。

他の女たちも手に手に薙刀《なぎなた》や松明《たいまつ》を持ち、果敢に賊に対していた。

あまり剣術が得意でない不二郎も抜刀して庭に降り、膝の震えを抑えながら様子を窺った。

だが賊の大部分は、すでに地に伏していた。

「ちいッ！　こんな強え女がいるとは……」

首領らしい髭面の大男が舌打ちして言った。

すると、もう一人の賊が屋敷内から飛び出し、庭に降り立った。その腕には、一人の女が抱えられていた。

「ひ、姫ッ……！」

縁側から成り行きを見守っていた伊兵衛が、目を丸くして叫んだ。

「おう、でかした。これが姫か」

首領は、姫を抱えた手下を引き寄せ、切っ先を彼女の喉元に突きつけた。

十七になる小夜《さよ》姫は半分失神し、なすすべもなくグッタリしていた。

「おう、その強え女！　刀を捨てろ。姫がどうなってもいいのか。他の者も得物《えもの》を置け！」

首領が憎々しげに顔を歪めて怒鳴ると、

「く……！」

さすがの静香も動きを止め、刀を捨てざるを得なかった。

「よし。では女ども、ありったけの千両箱をここへ出せ」

首領が言い、小夜姫を抱えた男もにやりと笑って周囲を見回した。

無傷で無事に立っている賊はこの二人だけになってしまったが、形勢は大逆転だった。

しかし、そのとき伊兵衛が重々しく口を開いた。

「黒百合《くろゆり》、白百合《しらゆり》……、頼む……」

言うと、奥から、何とも異様な美女たちが姿を現したではないか。

白い寝巻姿の二人は、髪も結わず長く垂らし、この世のものとも思われぬ美しい顔立ちをしていたが、二人は瓜二つだった。

恐らく、双子なのだろう。しかも、一人の髪は漆黒、もう一人は真っ白ではないか。

その二人が音もなく縁側から庭へ降り立ち、賊たちの前に進んでいった。

「な、何だ、お前たちは……」

賊も、二人の異様な美しさに目を奪われ、暫《しば》し呆然となった。

すると二人は、いきなり裾をまくり上げ、白くムッチリとした脚を付け根まで丸出しにし、並んで仰向けになり、さらに浮かせた脚を抱えて大股開きになったのである。

黒髪と白髪の美女が二人、陰戸《ほと》を見せるという異様な光景に、不二郎も息を呑んで硬直するばかりだった。むろん静香をはじめ、他の女たちも目を丸くして成り行きを見守っていた。

「何の真似だ。俺たち二人に抱いて欲しいのか。そんな余裕はねえ。早く金を用意しろ……」

首領が言って双子に近づくなり、異変が起こった。

黒髪の女、恐らく黒百合と呼ばれた方だろう。彼女の陰戸のあたりから、何やら陽炎《かげろう》のようなものが立ち昇り、そこだけ景色が歪んだ。

不二郎が遠くから恐る恐る見ると、黒百合の陰戸が小刻みに蠢動《しゅんどう》し、そこから空気の渦巻きのようなものが立ち昇っていた。それは目には見えないが、微かに竜巻のような音も聞こえてきた。

そしていつしか、黒百合の股間全体が漆黒の闇に包まれ、黒い穴が現れたようだった。

「な、なんだ……？」

首領が言いながら近づくと、たちまち彼は黒百合の股間に吸い寄せられていったのだ。

「す、吸い込まれる……、うわッ……！」

首領が悲鳴を上げた途端、彼の姿はすでになく、黒百合の股間の黒い穴も空気の渦巻きも消え去っていた。

(ま、まさか、陰戸の中に吸い込んだ……？)

見ていた不二郎は思い、他のものも身動き一つせず声もなかった。

すると、今度は隣で股を開いている白百合の股間に、同じような渦巻きが生じて唸りを上げ、白い穴が出現したのだ。

そして、そこから何かが吐き出されてきた。

「う……、うう……」

呻《うめ》いているものは、何と身体を丸めている首領であった。着物も刀もそのままだが、全身がヌラヌラと粘液にまみれ、まるでたったいま産まれ出てきたかのようだった。

「お、お頭《かしら》……」

小夜姫を抱えた子分が、恐る恐る首領に近づいて言うと、首領もようよう顔を上げげた。

「こ、怖いよ……、おっかさん……！」

首領は子供のように泣きじゃくり、そのまま痙攣するなり事切れてしまった。

「ち、畜生……、どういうカラクリだ……！」

子分は小脇に姫を抱え、右手に刀を構えたまま黒百合に迫った。

すると、再び空気の渦が巻き起こり、あっという間に子分は小夜姫もろとも陰戸に吸い込まれていった。

「うわーッ……！」

子分の悲鳴が薄れるとともに、黒い穴も消え失せた。

「ひ、姫様……！」

伊兵衛が縁側から転がるように庭に降り、黒百合に迫った。

「な、なぜ姫まで吸い込んだ……！」

伊兵衛が言うなり、白百合の陰戸に白い穴が出現し、たちまち子分は吐き出されてきた。

やはり子分は粘液にまみれ、赤子のようにオギャーと一声泣くなり痙攣し、やがて息絶えてしまった。

「ひ、姫はどこか……！」

伊兵衛が言うと、ようやく呪縛を解かれたように静香や他の女たちも集まってきた。

不二郎も刀を納め、輪の中に入り黒百合と白百合を取り囲んだ。

「も、申し訳ありません……、思わず姫様まで……」

裾を直した黒百合が平伏して言い、白百合も倣《なら》った。

「なぜ、姫は出てこぬのだ……」

「恐らく、邪《よこしま》な心がない無垢な方ゆえ、仙界《せんかい》にとどまってしまわれたものと思われます……」

黒百合が答えた。

（仙界……？）

聞いていた不二郎は、小首を傾げた。

確かに、黒百合の陰戸から入ったものが、少し離れた白百合から出てくるのは不可解。恐らく別の世界へ送り込まれて通り抜けたものと推察されるが、そこは人の邪心を浄化してしまう場所なのだろうか。

それゆえ、出てきた山賊どもは赤子のような心持ちになり、力尽きて絶命したものと思われる。

「と、とにかく部屋へ戻れ。よいか、責を負って自害などするなよ。姫様を無事に救わねばならん……」

伊兵衛が声を震わせて言うと、双子はもう一度叩頭《こうとう》し、やがて裾の土を払って屋敷の奥向き（女たちの住居）へと引き上げていった。

「し、静香。女たちも、人を集めて亡骸《なきがら》を片付けい。おお、不二郎か。そなたはわしの部屋へ来い。話がある」

「は……、ただいま……」

伊兵衛が不二郎を認めて言うと、彼も頭を下げて答え、まずはいったん侍長屋へ戻ろうとした。

「待て、どこへ行く」

「着替えに……」

「構わぬ。そのまま来い」

伊兵衛が言うと、不二郎も寝巻姿のまま屋敷へ入り、家老に従い廊下を奥へ進んでいったのだった。

二

「不二郎……、今のこと、どう見る……」

五十歳になる国家老、山神伊兵衛が重々しく言った。

「は……、賊に一太刀も浴びせられず、お役に立ちませず申し訳ありませんでした……」

「そのようなこと、どうでもよい！」

伊兵衛が苛ついたように声を上げた。

「あの二人は、どのような素性なのですか……」

不二郎は、気になっていたことを訊いた。

何しろ陣屋敷に来て間もないのだ。今までは領内の拝領屋敷に住んでいたが、昨年に二親《ふたおや》を相次いで流行り病で亡くしたため、このたび屋敷を返上して陣屋敷の侍長屋へと移ってきた。

去年の夏から幕府の命により、利根川の治水のため堤防工事に藩士たちのほとんどが駆り出されていた。

流域にある近在の藩から、当主を除く藩士全員を徴用という命だったため、辺見家の当主となったばかりの不二郎は藩に残り、小柄で非力な彼はほっとしたものだった。

その工事も、今年の五月雨に備えてのことなので、間もなく完成し、藩士たちもやがて帰ってくることだろう。

藩主、里吉広隆《ひろたか》は江戸屋敷に赴いていた。

とにかく今は領地に女と年寄りしかおらず、まさに山賊が襲うには絶好の時期だったのである。

「黒百合と白百合の双子は二十歳になり、戦国の世から当家に仕える素破《すっぱ》の末裔である」

「素破……、泰平の世にも、そのようなものが……」

「ああ、あの二人は体術には長《た》けておらぬが、持って生まれた不思議な力があり当家に危機が迫った際には必ず役に立つと、子飼いにしていたのだ」

「二人の陰戸は仙界で繋がっているのでしょうか。邪心が多いほど早く通り抜けるのでは……」

「おお、さすがに藩校きっての逸材。僅かの見聞でそこまで分かるか」

伊兵衛が、表情を和らげて言った。

確かに不二郎は、武術はからきし駄目だが、勉学の方では誰にも引けを取らなかった。

「とにかく、殿がお留守の時だ。速やかに仙界へ迷い込んだ姫を救い出さねばならぬ。頼むぞ」

「え……、わ、私が仙界へ……？」

言われて、不二郎は激しく狼狽《うろた》えた。

「他に誰がいる。いま当藩で活躍できる若い男は、そなた一人」

「せ、仙界とはどのような……」

「誰も知らぬ。だが、そなたに邪心なくば、白百合から出てきても死にはせぬ。万一のことがあっても、辺見の家はわしが責任を持って残す」

伊兵衛は、再び表情を引き締めて重々しく言った。

「よいか、あとは黒百合と白百合から子細を聞き、仕度が調《ととの》い次第仙界へ行け」

「は……！」

不二郎は平伏して答え、やがて家老の部屋を辞して侍長屋へと戻っていったのだった。

庭では、まだ女たちが静香の采配で賊たちの遺骸を片付けていたようだが、不二郎は重大な仕事を言いつかったため手伝う気にもなれず、自室に戻って布団に横たわった。

遠くから、子《ね》の刻《こく》（午前零時）の鐘の音が聞こえてきた。

仙界がどのようなところか不安だが、美しい双子の陰戸は艶めかしく瞼に焼き付いていた。

むろん不二郎はまだ無垢で、許嫁《いいなずけ》もいない。夜毎に女体を妄想しては手すさびを二度三度としてしまい、今は勉学や奉公より精汁を放つ快楽に夢中になってしまっていた。

異世界とはいえ、美しい双子の身体を通り抜けるのなら、何やら魅惑的な気もしてきた。

もとより家老の言いつけだから、拒むことも出来ないのだ。

どうせなら楽しみたいし、これは姫を救うという名誉な仕事なのだ。

何としても小夜姫を救い、仮に良い結果が出ないにしても、家は存続させてくれるのだし、夜盗などに斬られて死ぬよりずっと良い。

藩主広隆は江戸屋敷に正室と長男がいるが、女の子は小夜だけだ。小夜の母親は、側室の桔梗《ききょう》で三十五歳になる。

とにかく主君が最も溺愛している姫君を救うという役目だから、命がけで行なうしかないのだった。

決意を固めると、やがて不二郎は深い眠りに落ちていった……。

——翌朝、不二郎は七つ（午前四時頃）に起き、井戸端で歯を磨いて顔を洗うと東天《とうてん》が白んできた。

山賊の十数人もの遺骸は、深夜のうちに役人を呼んで山寺へ運び、金や刀だけ別にして無縁仏として埋めてしまったらしい。

やがて明るくなると、不二郎は大台所の片隅で、麦飯に干物、浅蜊《あさり》汁の朝餉《あさげ》を済ませた。

厨《くりや》にいた女たちの話では、深夜に作業に従事した大部分の女たちはまだ休んでおり、特に家老の娘で二十五歳の女丈夫、剣術指南の静香も、生まれて初めて人を斬り、しかも一度に大勢を相手にしたものだから、かなり困憊《こんぱい》しているようだった。

不二郎は食事のあとに再び井戸端に行って水を浴び、身を清めてから部屋に戻って着替えた。

下帯も襦袢も新しいものにし、旅立ちの仕度を調えたのだ。

旅といっても、美しい双子の間を通る異世界だから、何とも心の準備のしようがなかった。

するとほどなく、彼の部屋に入ってきた者があった。

揃いの矢絣に、髪は結わず長いままの黒百合と白百合であった。

「此度《こたび》のお役目、ご家老様より伺いましてございます」

黒百合が言い、二人揃って深々と頭を下げた。

藩士の中でも下級の不二郎だが、二人は小夜姫の近くにいる奥向き住まいとはいえ素破だから、さらに格下なのである。

美女二人に平伏され、彼は面映ゆかった。

「いいえ。よろしくお願い致します」

不二郎も答え、あらためて顔を上げた二人を見た。

二十歳だという人形のように整った顔立ちが二つ並び、肌は透けるように白かった。

そして黒百合の方は艶のある長い黒髪をし、眉も濃かった。しかし白百合の方は、髪も眉も真っ白で、何とも対照的であった。

「仙界とは、どのようなところでしょう」

「私どもにも分かりません。ただ……」

訊くと、黒百合が答えた。話すのは、常に彼女らしい。

「今までにも夜盗を吸い込みましたが、いずれもいくつか数える間に白百合から吐き出され、邪心を吸い取られ無垢になって死にました。しかし、可愛がっていた飼い猫が誤って入ってしまったときは、十日ばかり中に居り、やがて出てきてから後も生きたのです」

「では……」

「はい、邪心のない者は仙界に遊び、さらに出てきてからも清い心で天寿を全うするようです」

そう言われても、猫でしか試していないのだから何とも言えない。

ましてて不二郎だって、無垢とはいえ邪心がないわけではないのだ。

今もこうして美女二人を前にしているだけで、否応なく邪な淫気を湧かせてしまうのである。

すると、そんな彼の不安を見透かしたように黒百合が言った。

「我らと情を通じれば、無事に出られると存じます」

「え……？」

情を通じるとは、と不二郎は思いを巡らせたが、黒百合が続けた。

「仙界とは言え、我らの作った夢の中に入るようなものでしょうから、私たちの好いた方なら悪いようには致しません」

「中で姫様は、無事なのでしょうか……」

「姫様とも、実はすでに私たちは情を通じております。やがてお輿入《こしい》れされるときに備え、閨《ねや》の様子なども私たちがお教えし、すでに快楽を分かち合っておりますゆえ」

「……」

話が艶めかしい方へと行き、不二郎は思わず股間を熱くさせてしまった。

「ではとにかく、お脱ぎ下さいませ。失礼ながら、まだ無垢でしょうから、女をお教え致します」

黒百合は言うなり二人とも立ち上がり、一緒に手早くくるくると帯を解きはじめ、不二郎は目を丸くしたのだった。

三

「さあ、どうぞ、ここへ横に」

黒百合が言い、二人とも一糸まとわぬ姿になって、不二郎を布団に招いた。

彼も恐る恐る全て脱ぎ去り、はち切れそうに勃起しながら、言われるまま仰向けになった。

「情交するより前に、すぐ出てしまいそうですね」

黒百合が、屹立した一物を見て言い、白百合とともに彼の腰の左右に座った。

「ではまず、私どものお口でご奉仕致しますので、構わずお好きなときに漏らして下さいませ」

彼女は言い、何と二人いっぺんに彼の股間に屈み込んできたのである。

やはり女の素破ともなると、二十歳そこそこでも様々な性戯を心得ているようだった。

それよりも不二郎は、とびきりの美女二人に、いきなり股間を舐められるという衝撃に度肝を抜かれていた。

まず二人は、大股開きにさせた彼の股間で頬を寄せ合い、伸ばした舌でチロチロとふぐりを舐めはじめたのである。

「あぁッ……！」

二つの睾丸《こうがん》を同時に舌で転がされ、優しく吸われながら不二郎は喘いだ。

股間に美女たちの息が混じり合い、袋全体が生温かな唾液にまみれると、やがて二人は舌先で肉棒を舐め上げてきた。

「く……！」

裏筋と側面を舐められ、不二郎は暴発を抑えて必死に奥歯を噛み堪えた。

出しても良いのだろうが、少しでも長くこの快感を得ていたかったのだ。

舌先は鈴口に達し、交互に舌が這い、滲む粘液が舐め取られた。

「アア……」

不二郎は二人の滑らかな舌の動きに喘ぎ、腰をくねらせて悶えた。

張りつめた亀頭がしゃぶられ、たちまち生温かく清らかな唾液にまみれた。

さらに二人は交互に含んで呑み込み、吸い付きながらスポンと引き離しては交代した。

長い髪がサラリと股間を覆い、その内部に熱い息が籠もった。

もう不二郎は、どちらの口に含まれているかも分からないほど快感で朦朧となり、急激に絶頂を迫らせていった。

二人は代わる代わる含んでは顔を上下させ、濡れた口でスポスポと摩擦しては強く吸引し、ネットリと舌をからめてきた。

そのうえ二人は驚くべきことをしてきたのだ。

不二郎の脚を浮かせ、白百合が彼の肛門を舐め回してヌルッと長い舌を潜り込ませ、黒百合は亀頭をしゃぶり、強烈な摩擦と吸引を繰り返した。

肛門内部でも白百合の舌が蠢き、一物は内側から操られるように、黒百合の口の中でヒクヒクと幹が震えた。

「い、いく……！　ああッ……！」

ひとたまりもなく、たちまち不二郎は大きな絶頂の渦に巻き込まれ、ドクンドクンと熱い大量の精汁を黒百合の喉の奥にほとばしらせてしまった。

「ク……、ンン……」

黒百合が噴出を受け止め、小さく鼻を鳴らしながら吸い出してくれた。

不二郎は白百合の舌を肛門でモグモグと締め付けながら、最後の一滴まで出し尽くし、やがてグッタリと力を抜いていった。

すると白百合がヌルッと舌を引き抜いて彼の脚を下ろし、黒百合も舌の動きを止め、亀頭を含んだまま口に溜まった精汁をゴクリと飲み下してくれた。

「あう……」

嚥下とともにキュッと口腔が締まり、不二郎は駄目押しの快感に呻き、ピクンと幹を震わせた。

不二郎は、飲んでもらったことに震えるような悦びと感動を得た。自分の子種が、こんな美女の腹に納まり、消化され栄養にされることが嬉しくてゾクゾクと胸が震えた。

ようやく黒百合の口がチュパッと離れ、なおも二人は舌を伸ばし、鈴口から滲む余りのシズクを舐め取って綺麗にしてくれた。

「アア……」

不二郎は射精直後の亀頭を過敏に震わせ、声を洩らして腰をよじった。

やがて二人は顔を上げ、左右から添い寝してきた。

「これで落ち着かれましたでしょう。回復するまで何でも致しますので、お好きなように命じて下さいませ」

黒百合が右側から囁き、左右から柔肌が密着してきたので、回復も何も、不二郎は萎える間もなく、すぐにもムクムクと勃起してきてしまった。

「で、ではお乳を……」

「はい、これでよろしいですか」

言うと、二人は左右から彼の顔に柔らかな乳房を押しつけてきてくれた。

不二郎は頬に密着する柔らかな膨らみと肌の温もり、ほのかに甘い体臭に包まれて陶然となった。

どちらも乳首と乳輪は清らかな薄桃色で、チュッと含んで吸い、舌で転がすと心地よい感触が伝わってきた。

彼は順々に二人の乳首を吸い、舐め回しては膨らみの感触を顔中に受け止め、果ては搗《つ》きたての餅に顔を突っ込んだように揉みくちゃにされた。

「ああ……、いい気持ち……」

二人もうっとりと喘ぎ、次第にうねうねと肌を悶えさせはじめた。

さらに不二郎は、二人の腋の下にも顔を埋め込み、ほんのり汗に湿った和毛《にこげ》に鼻を擦りつけて嗅いだ。甘ったるい体臭が鼻腔を満たし、その刺激が直に一物に伝わるようだった。

彼は二人の匂いに包まれ、完全に元の硬さと大きさを取り戻してしまった。

「足も……」

「足を、どのように？」

不二郎が言うと、黒百合が訊いてきた。

「足の裏を顔に……」

「こうですか？」

すぐにも彼女は身を起こし、片方の足裏を不二郎の顔に乗せてくれた。

身分の上下はあるが本来は武士ではないので、命じられれば畏《おそ》れ多いことでもためらいなくやってのけるのが嬉しかった。

不二郎は美女の足裏をうっとりと受け止め、踵《かかと》から土踏まずまで舐め回した。

するとニ人も完全に立ち上がり、身体を支え合いながら一緒に足裏を乗せ、優しく鼻や口を圧迫してくれた。

色事にも長けた素破は、男の様々な性癖も理解してくれるのだろう。

不二郎が形良い指の間に鼻を割り込ませて嗅ぐと、そこはうっすらと汗と脂に湿り、蒸れた匂いが籠もっていた。

本来、素破が戦いに臨むときは、全身の匂いを消すと聞いていたが、今は泰平の世の陣屋住まいなので、ごく普通の女と同じ暮らしをし、匂いも自然のままのようだった。

不二郎は二人の指の股を嗅ぎ、爪先にもしゃぶりついて舌を割り込ませた。

「あん……」

彼女たちが、小さく声を洩らして脚を震わせた。

本当に感じているのか演技か分からないが、反応があると不二郎の行為にも熱が入った。

双子だけあり、どちらも味と匂いはそっくりだった。

「顔にしゃがみ込んで……」

真下から言うと、またためらいなく黒百合が先に彼の顔に跨がり、厠《かわや》に入ったようにしゃがみ込んできてくれた。

脹《ふく》ら脛《はぎ》と太腿がムッチリと張りつめ、神秘の部分が一気に不二郎の鼻先に迫ってきた。

ぷっくりした丘には柔らかそうな恥毛がふんわりと茂り、丸みを帯びた割れ目からは僅かに桃色の花びらがはみ出していた。

昨夜、二人が庭で術を使ったときに見た陰戸は遠目だったから、不二郎も近々と目を凝らして観察した。

「初めてなら、よくご覧下さい」

黒百合が言い、自ら股間に手を当て、両の人差し指でグイッと陰唇を左右に広げてくれた。

中身が丸見えになり、不二郎は息を殺して見つめた。

綺麗な桃色の柔肉が湿り気を帯び、細かな襞が花弁状に入り組む膣口は艶めかしく息づいていた。その少し上に、ポツンとした尿口《にようくち》らしき小穴が確認でき、さらに包皮の下からはツヤツヤと光沢を放つオサネが顔を覗かせ、ツンと突き立っているのが見えた。

白く滑らかな内腿に挟まれた股間には、熱気と湿り気が籠もり、彼の顔中を包み込んできた。

この美しい花弁が竜巻のようなうねりを起こし、開いた黒い穴から人を吸い込むなど信じられなかった。

やがて不二郎は我慢できずに彼女の腰を抱き寄せ、恥毛の丘にそっと鼻を埋め込んでいった。

柔らかな感触が伝わり、甘ったるい汗の匂いと、ほんのり刺激的な残尿臭が鼻腔を掻き回してきた。彼は舌を伸ばし、陰唇の内側から柔肉、膣口からオサネまで舐め回しはじめた。

四

「ああ……、いい気持ち……」

黒百合が腰をくねらせて喘ぎ、思わずギュッと不二郎の顔に座り込んできた。

彼が心地よい窒息感と、美女の体臭に包まれながら舌を這わせ続けるうちに、次第に生ぬるい蜜汁がヌラヌラと溢れてきた。

ヌメリは淡い酸味を含み、これが淫水の味かと不二郎は思いつつすすった。

さらに白く丸い尻の真下に潜り込み、顔中をひんやりする双丘に密着させ、谷間にひっそり閉じられた可憐なツボミに鼻を埋め込んだ。

すると秘めやかな微香が、悩ましく鼻腔を刺激してきた。

不二郎は美女の匂いを貪り、舌を這わせた。もちろん武士が女の尻の穴を舐めるなど、普通では考えられないかも知れないが、絶大な淫気は何の抵抗もなく彼を行動させていた。

細かに震える襞を味わい、充分に唾液に濡れると、舌先を潜り込ませヌルッとした滑らかな粘膜まで味わった。

「あう……」

黒百合が小さく呻き、肛門でキュッと彼の舌先を締め付けてきた。

やがて不二郎は、彼女の前も後ろも存分に味わって舌を引っ込めた。

すると黒百合は察したように彼の顔から股間を引き離し、白百合と入れ替わってくれた。

同じ体型で、似た形状の陰戸が彼の鼻先に迫ったが、白百合の恥毛は、髪と同じく真っ白だった。

割れ目からは、まるで黒百合の快感が伝わっていたかのように大量の淫水が湧き出し、陰唇も興奮に濃く色づいていた。

不二郎は同じように腰を抱き寄せ、柔らかな恥毛に鼻を埋めて嗅ぐと、やはり黒百合と似た汗とゆばり(尿)の匂いが籠もっていた。

舐めると淡い酸味のヌメリが舌の動きを滑らかにさせ、膣口からオサネまでたどっていくと、

「アア……」

白百合も可憐な声を洩らし、柔肉を収縮させて反応した。

不二郎は彼女の味と匂いも堪能してから、もちろん尻の真下に潜り込んでツボミに鼻を埋め、充分に嗅いでから舌を這わせた。

そして味わい尽くしてから、ようやく舌を引っ込めると、白百合が股間を引き離してきた。

「もう充分ね。本手《ほんて》(正常位)で入れてみますか?」

黒百合が、すっかり屹立している一物を見て言い、念のため亀頭にしゃぶり付いて唾液のヌメリを与えてくれた。

「あう……、ちゃ、茶臼《ちゃうす》(女上位)の方が……」

不二郎は快感に呻き、美女に組み敷かれる方を選んだ。

すると黒百合が彼の股間に跨がり、唾液に濡れた先端を陰戸に押し当て、位置を定めると腰を沈み込ませてきた。

たちまち、肉棒はヌルヌルッと滑らかな柔襞の摩擦を受けて呑み込まれた。

「アアッ……!」

黒百合がビクッと顔をのけぞらせて喘ぎ、完全に根元まで受け入れると、股間を密着させて座り込んできた。

不二郎も、温かく濡れた肉壷にキュッと締め付けられ、あまりの快感に暴発しそうになってしまった。

なるほど、交接というのは最高に心地よいものだったのだ。口に出したときも溶けてしまいそうな快感があったが、やはり男女がこうして一つになり、心地よさを分かち合うことが素晴らしいのだと実感した。

不二郎は、股間に美女の重みと温もりを感じながら、内部でヒクヒクと幹を震わせた。動かなくても、膣内は息づくような収縮をし、たちまち肉棒全体が温かな淫水にまみれた。

黒百合は何度かグリグリと股間を擦りつけるように動かしてから、やがて身を重ねてきた。

不二郎も抱き留め、美しい顔を間近に見上げながら唇を求めていった。

黒百合も上からピッタリと唇を重ねてくれ、さらに添い寝していた白百合まで横から割り込むように唇を密着させてきたのである。

何という興奮であろう。

同じ顔をした白と黒の髪の美女が、同時に唇を密着させ、サラリと覆った長い髪の内部に、混じり合った熱い息が籠もったのだ。

三人が鼻を突き合わせているので、二人の息遣いに不二郎の顔中まで湿ってくるようだった。二人の息はほんのり甘酸っぱい、果実のような刺激を含んでかぐわしかった。

同時に二人の長い舌が、争うように彼の口に潜り込んできた。

不二郎も舌をからめると、何とも滑らかな感触が伝わり、混じり合った唾液が生温かく注ぎ込まれた。

「ああ……、美味しい……、もっと……」

不二郎が思わず言いながら、無意識にズンズンと股間を突き上げはじめると、

「く……」

黒百合も答えるように腰を遣いながら呻き、白百合と一緒にトロトロと大量の

唾液を吐き出してくれた。

　不二郎は、生温かく小泡の多いネットリした粘液を味わい、飲み込んでうっとりと喉を潤した。

　いったん腰を突き動かしたら、もうその快感に止めることが出来なくなり、不二郎は美女たちの唾液をすすり、湿り気ある果実臭の息を嗅ぎながら急激に高まっていった。

　さらに高まりに乗じて図々しく彼女たちの口に顔中を擦りつけると、二人とも厭わず舌を這わせ、彼の顔中を舐め回してくれた。

　鼻の穴も頬も額も耳にも美女たちの舌が這い回り、彼の顔は清らかな唾液にヌラヌラとまみれた。

　不二郎は膣内の摩擦と、美女たちの唾液と吐息に酔いしれて動きを速めた。

「アア……、いいわ……、私もいきそう……」

　黒百合が、大量の淫水を漏らしながら口走り、白百合も熱く喘ぎはじめた。

「白百合のことは気にしないで。私が気を遣《や》れば、一緒にいくから……」

　彼女が気遣うように言い、それならと不二郎も一気に快感を解放させた。

　もちろん続けてもう一回、白百合とも出来るだろうが、今は初体験の快感に夢中だった。

「く……！」

不二郎は昇り詰め、突き上がる快感に呻いた。

そして二度目とも思えないほど大量の精汁が、ドクドクと勢いよく柔肉の奥にほとばしった。

「アア……熱いわ、いく……、あぁーッ……！」

噴出を受け止めた途端、黒百合が口走り、ガクンガクンと狂おしい痙攣を開始して気を遣った。

すると横から密着していた白百合まで、

「き、気持ちいいッ……！」

熱く喘ぎながら激しく身悶えた。

不二郎もありったけの精汁を注ぎ込みながら快感を噛み締め、すっかり満足しながら徐々に動きを弱めていった。

「ああ……、良かった……」

黒百合も満足げに声を洩らし、全身の硬直を解きながらグッタリと彼に体重を預けてもたれかかってきた。

隣の白百合も、すっかり力を抜いて荒い呼吸を繰り返していた。

不二郎は黒百合の重みと二人の温もりを感じ、美女たちの混じり合った息を嗅ぎながら、うっとりと快感の余韻に浸り込んでいった。

まだ膣内はキュッキュッと収縮を繰り返し、刺激されるたび過敏になっている幹が内部でピクンと跳ね上がった。

「あう……、まだ元気に暴れています……」

黒百合が膣内の天井を刺激され、駄目押しの快感を得たように呻いてキュッときつく締め付けてきた。

やがて三人とも呼吸を整えると、黒百合が身を起こし、そろそろと股間を引き抜いた。

そして彼女は懐紙で手早く自分の陰戸を処理してから、二人して一物に屈み込んで舌を這わせ、ヌメリを丁寧に舐め取ってから、懐紙で包み込んで拭いてくれたのだった。

「さあ、これで良うございましょう。ではお仕度をして、姫様の寝所へ」

黒百合が言い、二人は手早く身繕いをした。

不二郎も起き上がって下帯を着け、再びきっちりと着物を着て脇差を帯びた。

「草鞋《わらじ》は……」

「はい、どのような場所か分かりませんので、念のために。でも裃《かみしも》は要りませんでしょう」

不二郎が訊くと、黒百合が答えた。彼は大刀と草鞋も手にし、やがて二人に案内されて陣屋敷の奥向きへと行った。

小夜姫の寝所に行くと、そこには床が敷き延べられ、粘液にまみれた出現に備え、湯の張られた盥《たらい》や晒《さら》しなどが用意されていた。

そして国家老の伊兵衛と、小夜の母親である側室、桔梗の方が待っていた。

五

「何卒、姫を無事にお連れ下さいますように……」

三十五歳になる桔梗が、不二郎のような下級藩士に対し、深々と頭を下げて言った。

「め、滅相も……、命に替えてもお連れ申し上げますので……」

不二郎も恐縮し、平伏しながら答えたが、果たして無事連れ帰ることが出来るのかどうか、仙界がどのような異世界かも分からないので不安は隠せなかった。

「不二郎、頼むぞ。此度《こたび》の件は、江戸の殿にも内密のことだ。首尾良く果たせたとしても、表立った褒賞は得られぬかも知れぬが辛抱してくれ」

伊兵衛が重々しく言った。

「そのようなお気遣いはご無用に。藩士として当然のことですので」

不二郎は神妙に答えたが、褒賞などどうでも良く、生きて帰ればめっけものと思っていた。それに下級藩士が役に立ち、家老に目を掛けられるだけでも大変なことなのだ。

やがて黒百合と白百合が立ち上がって奥へ進んだ。

「異なものを見るのは良くありません。我らは別室へ」

伊兵衛が言い、桔梗を促して腰を浮かせた。

と、そこへ襖《ふすま》が開き、何と旅仕度に身を固めた静香が入ってきたではないか。

「父上、どうか私も一緒に」

「静香、下がっておれ！」

彼女が端座《たんざ》し、恭《うやうや》しく言ったが伊兵衛は叱責した。

静香は伏せっていたようだが、どうやら十数人の夜盗を斬り結んだ憔悴からも立ち直ったようだった。

「いいえ、私がお嫁に行かず剣一筋に生きてきたのは、こうしたときお役に立つためです」

静香は言い、ちらと不二郎に一瞥をくれた。この頼りない男一人に任せられるかといった風情である。

確かに不二郎も、藩校では比類ないほど優秀だったが、道場の稽古は何かと理由を付けて逃げてばかりいたのである。何しろ静香の剣術は、男以上に荒っぽく激しいのだ。

「桔梗様、いかがでしょう」

「ええ、静香様がご一緒なら頼もしゅう存じますが……」

伊兵衛に言われ、桔梗は答えたが、彼の一人娘だから遠慮がちだった。

しかし黒百合と白百合は、少々戸惑っていた。

何しろ、不二郎は情を通じたばかりだから、山賊のようにすぐに仙境から追い出され、赤子のようになって死ぬことはないだろうが、静香とは快楽をともにしていないのである。

「いかがいたした、双方」

伊兵衛も、二人の動揺に気づいたように言った。

「は、一片の邪心もなければ大丈夫なのですが……」

黒百合が答えると、静香が顔色を変えた。

「なに！　素破風情が無礼な！　元はといえば貴様らの失態であろう！」

「いえ、言葉を誤りました。邪心とは、忠誠心以外の感情です」

黒百合が、恐縮して答えた。

「ふん、功名欲や自惚れのことを言っているのだろう。それらは全て、忠義の中の些細なこと。大事あるまい！」

静香は言い、あらためて伊兵衛に向かい深々と頭を下げた。

「父上、どうか切に……」

「ううむ……、確かに、不二郎一人でやるより心強いのだが……、どうだ、黒百合、白百合」

伊兵衛も、不二郎が頼りなく思えるように言った。

一人娘だが、忠義の元に死ぬ分には、それはそれで名誉なことである。ただ、主君広隆にも内密なので、大々的に褒め称えてやることも出来ない。

「はい、では不二郎様と静香様のお二人ということで」

黒百合も、仕方なく答えた。

「左様か。ならば頼むぞ、静香」

「は……！」

ようやく伊兵衛も決意して言い、静香も歓喜に顔を輝かせて答えた。

「では、桔梗様、別室へ」

伊兵衛が言って立ち上がり、桔梗を促して寝所を出て行った。

「よろしくお願い致します」

「ああ、異界がどのようなところか分からぬが、ともに行こう」

不二郎が言うと、静香も頼もしげに頷いて答えた。

やがて二人は、室内だが新品の草鞋を履いて、大刀を腰に帯びた。どれほどの旅になるのか分からないが食料などは持たず、二人とも水の入った竹筒だけ腰に下げた。

「では静香様。道行きの前に、して頂きたいことがございます」

「何か」

黒百合に言われ、静香が顔を向けた。

「私たちの唾を、飲んで頂きます。さすれば、より安心かと」

「なに、素破の唾を飲めだと！」

静香が、また気色ばんで言うので、不二郎がたしなめた。

「静香様。これは通行手形のようなものです。二人の世界へ入るのですから、少しでも恙《つつが》なく通り抜けるためですから」

「ううむ……、これも忠義の試練か……、では不二郎、お前もすでに飲んだのだな」

「はい」

唾液どころか淫水まで飲んだが、もちろん言うわけにいかない。

「分かった。姫が待っている。早くしてくれ」

静香が言うと、黒百合と白百合が立ち上がって屈み込んだ。静香も、眉をひそめて口を開き、そこへ双子は順々にトロリと唾液を垂らした。

「く……」

ゴクリと飲み込み、静香は気持ち悪そうに顔を歪めた。竹筒を手にしようとしたが、水は貴重になるかも知れないので断念し、やがて深呼吸を一つして二人に向き直った。

「では」

黒百合が言い、白百合とともに裾をまくって仰向けになり、浮かせた脚を抱えた。白い脚と陰戸まで露わにし、何とも艶めかしい光景だが、今は緊張と不安があるばかりだ。

不二郎と静香は身を寄せ合い、黒百合の股間に近づいた。

「向こうで離ればなれになるといけませんので、お二人は固く抱き合うて下さいませ」

黒百合に言われ、静香が不二郎を抱きすくめてくれた。

小柄な彼よりずっと長身だから、胸に抱かれるようである。

静香の甘ったるい体臭と、花粉のように甘い息の匂いが濃く、不二郎の鼻腔を悩ましく刺激してきた。

「では始めます。どうかご無事で。お帰りになったら、仙界の話を色々お聞かせ下さいませ」

黒百合は、言うなり唇を引き結んで頬を強ばらせた。そして力を入れると、丸見えになっている陰戸の奥が蠢きはじめた。

静香も不二郎も、きつく抱き合いながら、じっと陰戸を見つめていた。

桃色の陰唇が開かれ、奥の膣口が妖しい収縮を繰り返し、次第に股間全体の形が揺れてきた。

黒百合の身体が揺れているのではない。股間の空気が、陽炎のように揺らぎはじめたのだ。

不二郎は、屈強な静香の全身が小刻みに震えているのを感じた。

やがて黒百合の股間に空気の渦巻きのようなものが出来、黒い大きな穴のようなものが出現した。

「異様な……」

静香が小さく言い、不二郎も息を呑んで成り行きを見守っていた。

間もなく竜巻に巻き込まれるように、抱き合った不二郎と静香は、その黒い穴の中に吸い込まれていった。

「ひいッ……!」

さすがの静香も悲鳴を上げ、きつく不二郎を抱きすくめた。

不二郎も、抱き合ったまま全身が漆黒の闇に包まれた。もう近くにいる静香の顔も見えず、上も下も分からず、進んでいるのか浮いているのかも分からないまま朦朧《もうろう》となっていった。

このまま、闇に白い穴が浮かんで白百合から吐き出されれば、仙界に拒まれたことになり、赤子の心になって頓死《とんし》するだけだ。

いったい二人は、どのようにしてこんな術を身に付けたのだろう。いや、これは鍛錬などで覚えられるものではないだろうから、持って生まれた特別な力であり、もともと双子は異界と繋がっていたのだろう。

真っ暗だが息苦しくはなく、暑くも寒くもなかった。まるで体内に取り込まれたかのようだ。

そして抱き合っている静香の感触も伝わってくるが、高速で移動しているようで身動きは出来なかった。

やがて不二郎は、漆黒の闇の中で意識を失ってしまったのだった。

第二章　女剣士の匂い

一

「う……、こ、ここは……？」
不二郎は草の上で目を覚まし、ゆっくり起き上がりながら周囲を見回した。
周囲は山々、小鳥の声が聞こえ、せせらぎも聞こえていた。
（ここが、仙界……）
人家は見当たらないが、あまりに穏やかな風景で不二郎も安心したものだ。
そして、少し離れたところに倒れている静香を見つけ、不二郎は近づいていった。

どうやら静香も、無事に仙界へ着いていたのだ。

「静香様……」

不二郎は、仰向けで気を失っている彼女を抱き起こしながら声を掛けたが、目を覚まさなかった。

それにしても、美しい。

道場では怖くて、まともに顔など見られなかったが、今は長い睫毛を伏せており、切れ長の鋭い眼差しも閉ざされていた。

長い髪を後ろで眉が吊るほど引っ詰めて束ね、腰には大小を帯び、裁着袴《たっつけばかま》の男装だ。

化粧っ気のない顔立ちは整い、形良い唇が僅かに開かれ、白く頑丈そうな歯並びが覗いている。その間からは、熱く湿り気ある息が洩れ、思わず鼻を押しつけると、乾いた唾液の香りに混じり、花粉臭の息の匂いが悩ましく鼻腔を掻き回してきた。

不二郎は、まだこの世界がどのようなものか分からないまま淫気に包まれ、美人武芸者の息を嗅ぎながら、腰の竹筒を探った。

そしていったん顔を上げて竹筒の水を含み、また屈み込んで、そっと唇を重ねた。柔らかな唇の感触を味わい、そろそろと含んだ水を注ぎ込み、舌も差し入れて滑らかな歯並びを舐めた。

まさか、この恐ろしい剣術指南と、唇を交わす日が来ようなどとは夢にも思わなかったものだ。

「ク……」

と、静香が小さく呻き、睫毛が震えた。注がれた水をコクンと飲み込むと、やがて彼女はうっすらと目を開いた。

「あッ……、何を……！」

唇を引き離すと、彼女は不二郎を突き飛ばすようにして跳ね起きた。

「ご無礼を。水を含ませておりました」

不二郎が頭を下げて言うと、静香は唇を拭い、彼には答えず周囲を見回した。

「ここが仙境か……、私は、どれぐらい気を……？」

「私が気づいてから、ほんの数えるほどです」

「左様か……、とにかく、姫を探そう」

「はい」

言われて、とにかく二人は歩きはじめた。

日は高い。恐らく北側は山々だから、まずせせらぎを頼りに川へ出て、流れに沿って下れば人家があるだろうと判断した。

「それにしても、何と長閑《のどか》な」

「はい、季節にかかわらず、様々な木の実や果物が多いです」

静香が言い、不二郎も周囲を見回しながら答えた。

「確かに桃源郷のようで、邪心のあるものは追い出されそうなところだ。おそらく、あの双子の内なる世界なのだろう。あるいは、ここは二人の故郷である素破の里を模した風景かも知れぬ」

彼女が、なかなかに空想力のあるところを見せて言った。

「陰戸に吸い込まれるときは、何やら西遊記に出てくる金角銀角《きんかくぎんかく》の瓢簞《ひょうたん》を思い出したものだ」

「はあ、そうですね」

不二郎は答えながら、彼女が単なる剣術莫迦《ばか》ではなく、相応の教養があることも知って嬉しくなった。

二人は起伏の少ない、歩きやすい草むらを進んだ。

だが、やはりここは現実の世界ではなかった。

鳥の声はするが姿は見えず、草の中にも虫一匹いなかった。風はなく、温度も布団の中のように快適で、いくら歩いても疲れることがない。まるで心地よい夢を見ているようだった。

やがて河原へ出た。流れも穏やかで、実に水も清く澄んでいた。

二人は川に沿って下りはじめた。

「ここに、こうしていられるということは、私もお前も邪心がないという証しなのだな」

「ええ、そうなりますね」

「嬉しいことだが、素破ごときに決められたようで業腹《ごうはら》」

「滅多なことは仰らぬ方が。この世界の神が、邪心と見なすかも」

言うと、静香は慌てて口を押さえた。二十五歳だが、そんな仕草がやけに可憐に見えた。

やがて彼方に家が見えてきた。

「家だ。いや、大きな屋敷ではないか。姫がいるかも知れぬ」

静香が言い、二人はそちらへ急いだ。

すると何やら屋敷の方から、みるみるこちらに近づいてくる気がし、たちまち二人は門前まで来てしまった。

訪《おとの》うても返事はなく、人けはないが荒れ果てた様子もなく、門は立派で掃除も行き届いていた。

「入ろう」

周囲に他の建物もないので、静香が言って二人は門から入っていった。

玄関には、豪華な唐破風《からはふ》の屋根が突き出していた。異世界とはいえ、土足で上がるのも気が引けるので、二人は草鞋を脱ぎ、念のため懐中に入れて中に上がり込んだ。

薄暗い廊下を進んだが、襖の開け放たれた座敷はどこも無人で、家具の一つもなかった。

しかし、一番奥の部屋に人の気配があり、襖の隙間からは灯りが洩れていた。

足音を忍ばせて近づき、様子を窺いながら静香がサッと襖を開けた。

中は姫の寝所そっくりな部屋。いくつもの行燈が灯って明るく、豪華な床が敷き延べられていた。

その布団に、何と全裸の黒百合が横なり、その股間に小夜が顔を埋めていたではないか。

「そらそら、もっと上手にお舐め」

黒百合が言い、小夜は息を籠《こ》もらせて必死に舌を這わせていた。

「おのれ、無礼者！」

激高した静香が抜刀して室内に踏み込み、黒百合に向かっていった。

しかし、身を起こして向き直った黒百合の長い髪の半分は、真っ白だった。

「な……、なに……？」

静香が絶句して動きを止め、部屋に入った不二郎も呆然と立ちすくんだ。

「私は、百合《ゆり》。この屋敷の主です」

半分ずつ、黒と白の髪を持つ美女が静かに言った。

「私が気を遣れば、姫は帰しましょう。しばし姫は私が仕込みますゆえ、そなたたちは二人で情事を行ない、技を磨くのです。上達したら、皆で私を満足させなさい」

「断わる！　さあ、姫様を不浄な場所から離せ！」

静香は言い、抜き身を構えて百合に迫った。

しかし、百合が手のひらをかざしただけで、静香は弾かれたように吹き飛ばされ、襖を倒して隣の部屋に転がった。

「さあ、そなたも」

百合が言うと、不二郎も否応なく隣室まで移動させられてしまい、手も触れずに襖が閉まった。

その部屋にも床が敷かれ、襖の他は二方が壁、もう一方が庭に面した障子で明るかった。しかし、襖も障子も開かなかった。

「く……！」

起き上がった静香が、襖や障子を斬ろうとしたが、どうにも身体が動かないようだった。この世界では、何かを攻撃したり破壊しようとすると全身が硬直してしまうらしい。

徒労に終わり、静香は諦めて刀を納め、畳に腰を下ろした。

「不二郎、どう思う」

「は……、百合という女を満足させる他に、姫様をお救いする道はないかと思われます」

「なに……、言いなりになると言うのか」

「あの女は、ここでは神に等しいのでしょう。逆らうことが無理なら、言う通りにするしかありません。そうすれば、姫様を帰すと言っているのですから」

不二郎は言い、大小の刀を部屋の隅に置いて座った。

「だが私は、色事のことなど何も知らぬ……」

静香が、肩を落として言った。どうやら今まで剣術一筋で、完全に無垢のままのようだ。

「ご自身で、陰戸をいじることはありましたか」

「そ、それは少しは……」

思い切って訊くと、静香はたいそう動揺しながらも、正直に答えた。

「ならば大丈夫でしょう。とにかく今は、百合の言う通り、私たちで試し合うのが良いかと思います」

このような最中でも、不二郎は言いながらムクムクと激しく勃起していった。

おそらく百合は、黒百合と白百合の本性が合わさったもので、かなり快楽に執着しているようだった。

そして黒百合と白百合の体液を、より多く吸収している不二郎の方が淫気に素直になり、少量ではあるが二人の唾液を飲み込んだ静香も、徐々に操られるように心が傾きはじめたようだった。

二

「不二郎はどうなのだ。もう女を知っているか」

静香が、不二郎に訊いてきた。

「もちろん知りません。ただ春本を目にしたことはあり、様々な行為の知識ならば多少」

不二郎は、もちろん嘘をついた。

「行為とは……？　ただ交接するだけではないのか」

静香が言う。

家老の娘という環境では、夫婦になった男女が、単に挿入して精を放つだけというのが常識なのだろう。

「いきなり入れたら痛いと聞きます。そのため、濡らすように様々な行為があるのでしょう。静香様がご自分でオサネをいじり、恐らく濡れられたことと思います。そうした行為を男にしてもらうのです。先ほど百合が、畏れ多くも姫様に陰戸を舐めさせていたように」

不二郎が言うと、静香は青くなったり赤くなったりし、様々な感情が渦巻いているようだった。

「舐めるなどという行為は、考えられぬ……。お前は、命じられればするか」

「いえ、命じられなくても、男というものは陰戸を舐めたく思うのです」

「なに……、ゆばりを放つところを舐めるというのか……」

静香が目を丸くし、ふんわりと生ぬるく甘い匂いを揺らめかせた。

「陰戸だけでなく、尻の穴でも舐められます」

「し、信じられぬ……。して、お前は私としたいのか……」

「はい、静香様はお美しゅうございますので、ご家老様のお嬢様で畏れ多いですが、どのようなこともしてみたいです」

「美しいだと？　私が。取って付けたような世辞など要らぬわ。あれほど道場で苛められておきながら」

どうやら苛めているという意識はあったようだ。

「凜《りん》としてお美しいです。どうか、姫様をお救いするため、私たちでまず情交を学びましょう」

言うと、姫を救うためと聞いて静香も心を動かした。

「分かった。他に手立てがない以上、口惜しいが今は百合の言いなりになろう」

「では、まず脱ぎましょう」

不二郎は立ち上がって、袴《はかま》を脱ぎはじめた。すると静香も、意を決してからはためらいなく同じように手早く脱いでいった。

ほぼ同時に一糸まとわぬ姿になると、静香が布団に横たわった。

羞じらうように胸を両手で隠していたが、不二郎は引き締まった肢体を見下ろして胸を高鳴らせた。

「どうか、お手を……」

「ああ……、やはり初めてだと、何もかも見たいのだな……」

「はい、まずは私が女の身体を検分させて頂きます」

すでに黒百合と白百合で情交を知っているだけに、不二郎の方が僅かに長けていたから主導権を握らせてもらった。

静香が、恐る恐る胸から両手を離して乳房を露わにした。

さして大きくはないが張りがあって形良く、乳首も乳輪も実に初々しい綺麗な桜色をしていた。

さすがに肩や腕の筋肉は発達して逞しく、腹も筋肉が段々になっていた。

股間の丘には楚々とした茂みが煙り、太腿も荒縄をよじり合わせたような筋肉が浮かんでいた。

脚も長く、ほんのり汗ばんだ全身からは生ぬるく甘ったるい匂いが悩ましく立ち昇っていた。

「では、触れます。うんとお嫌だったら仰って下さいませ」

不二郎は言いながら添い寝し、甘えるように腕枕してもらいながら乳房に迫っていった。

「ああ……」

彼が唇を寄せ、まだ触れていないのに息を感じただけで静香は心細げな声を洩らした。日頃は、鬼のような猛者が、微かに息を震わせているのが実に新鮮で、あらためて不二郎は女というのは素晴らしいものだと思った。

チュッと乳首に吸い付き、張りのある膨らみに顔を埋めると、

「あう……、くすぐったい……」

静香がビクッと肌を震わせ、呻きながら言った。

不二郎は乳首を舌で転がし、充分に味わってから、もう片方も含んで舐め回した。彼女は少しもじっとしていられず、熱く甘い息を弾ませてクネクネと身悶え

ていた。

さらに彼は静香の腋の下にも顔を埋め込み、ジットリ汗ばんだ窪みに鼻を押しつけた。艶めかしい腋毛には何とも甘ったるい汗の匂いが沁み付き、その刺激に激しく一物が震えた。

そして汗の味のする滑らかな肌を舐め下り、不二郎は真ん中に移動して形良い臍を舐め、腰から張り詰めた太腿へと降りていった。

引き締まって逞しい太腿でも、さすがに感触は滑らかな女のものだった。

しかし脛の体毛は濃く、逆に新鮮な興奮が湧いた。

不二郎は念入りに舐めながら足首まで下り、道場の床を踏みしめている大きめの足裏にも舌を這わせた。そして縮こまった指の股に鼻を割り込ませ、汗と脂に湿って蒸れた匂いも貪った。

爪先にしゃぶり付き、順々に指の間に舌を潜り込ませていくと、

「く……、何をする、犬のような真似を……」

静香が驚いたように呻いて言ったが、拒みはしなかった。

分厚い爪を噛み、全ての指の股を味わってから彼はもう片方の足もしゃぶり、濃厚な味と匂いが消え去るまで堪能した。

そしていよいよ彼女の脚の内側を舐め上げ、腹這いになって顔を股間に進めていった。

「アア……、恥ずかしい……」

両膝の間に顔を割り込ませると、静香が声を震わせて言った。

固いほどに張り詰めた内腿に舌を這わせると、中心部から発せられる熱気と湿り気が顔中を包み込んできた。

目を凝らすと、大柄の割に羞じらうように淡い恥毛がふんわりと茂り、割れ目からはみ出す花びらも実に清らかな薄桃色だった。

そっと指を当てて陰唇を左右に広げると、すでにネットリとした淫水が溢れ、襞の入り組む無垢な膣口がヒクヒクと息づいていた。

しかし包皮を押し上げるようにツンと突き立ったオサネは実に大きめで、男の亀頭を小さくしたような形状をして、ツヤツヤとした光沢を放っていた。

「そ、そんなに見ないで……」

彼の熱い視線と息を感じ、静香は急に女に戻ったように小さく言った。

不二郎も我慢できず、吸い寄せられるように彼女の股間にギュッと顔を埋め込んでいった。

柔らかな茂みに鼻を擦りつけて嗅ぐと、やはり濃厚に甘ったるい汗の匂いと、刺激的なゆばりの匂いが入り交じって鼻腔を掻き回してきた。

陰唇の内側を舐めると、淡い酸味のヌメリに潤う柔肉が迎え、舌の動きを滑らかにさせた。

息づく膣口の襞を掻き回すようにクチュクチュと舐め、柔肉をたどって大きめのオサネまで舐め上げていくと、

「アアッ……、き、気持ちいいッ……！」

静香がビクッと顔をのけぞらせて喘ぎ、内腿でキュッときつく彼の両頬を挟み付けてきた。

不二郎は下から上へ舐め上げ、あるいはチロチロと小刻みに左右に舌を動かしながら、溢れてくる淫水をすすった。

さらに彼女の脚を浮かせ、尻の谷間にも鼻を押しつけた。可憐な薄桃色のツボミには秘めやかな微香が籠もり、舌先でくすぐるように舐めると、細かな襞がヒクヒクと収縮した。

充分に濡らしてからヌルッと潜り込ませると、

「あう……！」

静香が呻き、キュッときつく肛門で彼の舌先を締め付けてきた。

不二郎は滑らかな粘膜を味わい、充分に舌を蠢かせてから引き抜き、再び陰戸に舌を戻していった。

そしてヌメリをすすり、オサネに吸い付きながら、生娘の膣口に指先を差し入れ、内壁を揉みほぐすように擦った。さすがにきつい感じはするが、何しろ潤いが充分すぎるほどだった。

「ああ……、駄目、変になりそう……」

静香がヒクヒクと下腹を波打たせて喘いだ。

もう充分に高まったようだし、不二郎も我慢しきれなくなったので、やがて顔を上げ、股間を進めていった。

急角度にそそり立った幹を抑えるように指を添えて下向きにさせ、張り詰めた亀頭を陰戸に擦りつけ、ヌメリを与えながら位置を定めた。

静香も、すっかり覚悟を決めたように身を投げ出していた。

やがて不二郎はグイッと股間を進め、ゆっくりと押し込んでいった。

三

「アアーッ……！」

ヌルヌルッと根元まで挿入すると、静香が身を弓なりに反らせて喘いだ。

不二郎も肉襞の摩擦と温もり、きつい締め付けに暴発を堪え、股間を密着させながら脚を伸ばし、そろそろと身を重ねていった。

静香も、下から支えを求めるようにきつく両手でしがみついてきた。

「痛いですか……」

「大事ない……、構わず存分に……」

気遣って囁くと、静香も健気に答えた。

まあ二十五ともなれば痛みよりは、ようやく体験したという感慨の方が大きいのだろうし、もともと過酷な稽古に明け暮れ、痛みには強いのだろう。

不二郎は上から唇を重ね、甘い息を嗅ぎながら舌を差し入れて歯並びを舐め回した。

すると彼女も歯を開いて舌をからめ、チュッと吸い付いてきたのだ。

不二郎は滑らかに蠢く舌を味わい、生温かくトロリとした唾液をすすった。口吸いをしながら徐々に腰を突き動かしはじめると、

「ああ……」

静香が唇を離して喘いだ。

「さ、さっき水を口移しにされたときは驚いて突き飛ばしたが、口吸いとは、何と心地よい……」

彼女が言い、下からも股間を突き上げてきた。次第に互いの動きも一致し、クチュクチュと淫らに湿った摩擦音も響きはじめた。

不二郎は彼女の喘ぐ口に鼻を押しつけ、花粉のように甘く濃厚な息を嗅ぎ、心地よい刺激で胸を満たしながら動きを速めていった。

「い、いく……！」

たちまち限界が来て、不二郎は突き上がる快感に口走りながら、いつしか彼女が初体験というのも忘れ股間をぶつけるように動かしてしまった。

同時に、熱い大量の精汁がドクンドクンと勢いよく内部にほとばしり、奥深い部分を直撃した。

「あうう……、熱い、感じる……」

噴出を受け止めた静香が呟き、飲み込むようにキュッキュッと膣内を締め付けてきた。

彼は快感に酔いしれながら、最後の一滴まで出し尽くし、満足しながら徐々に動きを弱めていった。まさか自分の人生で、国家老の娘と情交する日が来るなど夢にも思わなかったものだ。

やがて動きを止め、力を抜いて彼女に体重を預けた。彼は小柄だし、静香が大柄だから少しの間は乗っていても大丈夫だろう。

「これが、情交……」

静香は荒い息遣いを弾ませながら言い、感慨深げに何度も膣内を締め付けてきた。不二郎も刺激されるたびヒクヒクと幹を震わせ、美女の甘い息を嗅ぎながらうっとりと快感の余韻を嚙み締めたのだった。

そして呼吸を整えると、そろそろと股間を引き離し、懐紙を取り出して手早く一物を拭い、陰戸を覗き込んで優しく処理してやった。

やはり過激な運動ばかりしているので出血はなく、痛々しい様子は微塵も感じられなかった。

双方の股間を拭き清めると、不二郎は添い寝し、また甘えるように腕枕してもらった。

「陰戸を舐めて、嫌ではなかったか。それに足の指や尻の穴まで……」

「はい、嫌ではありませんでした。また何度でもお舐め致します……」

静香が小さく言い、不二郎も、彼女の甘ったるい汗の匂いと温もりに包まれながら答えた。

むろん萎える間もなく、一物はすぐにも回復していった。

あるいは、この世界を支配する百合の影響か、誰もが淫気を増幅させてしまうのかも知れない。だから静香も、すんなり情交に及んだのだろう。

すると彼女が一物を肌に感じたか、身を起こして不二郎を仰向けにさせ、股間に熱い視線を注いできた。

「これが入ったのだな……」

静香は言い、近々と観察しながら、そっと指を這わせてきた。

「硬い……、まるで骨があるように……」

彼女は幹から亀頭まで撫で回し、ふぐりにも触れてきた。

「これが金的の急所か。なるほど、玉が二つある……」

やんわりと袋を包み込んで確認し、再び肉棒を握ってきた。

「私は、陰戸を舐められてたいそう心地よかったが、お前も口でされると心地よいのだろうな……」

「ど、どうか、お口が汚れますので、そのようなことは……」

「構わぬ」

畏れ多さに遠慮したが、静香は言って屈み込んできた。そっと舌を伸ばしてチロリと鈴口を舐め、さして不味くなかったか、張りつめた亀頭全体もしゃぶりはじめた。

「ああ……」

不二郎は快感に喘ぎ、ヒクヒクと幹を震わせて反応した。

さらに静香は丸く開いた口でスッポリと呑み込み、熱い鼻息で恥毛をくすぐってきた。

剣を握ったとき以外は美しい静香の口の中は温かく、口が丸く幹を締め付け、内部ではクチュクチュと舌が蠢いた。

たちまち一物全体は、静香の生温かな唾液にどっぷりと浸った。

黒百合や白百合ほど巧みな愛撫ではなく、たまに歯も当たるが、それも返って新鮮な快感だった。

さらに彼女はスポンと引き抜いて、ふぐりまでチロチロと舐め回し、睾丸を転がしてから、彼の脚を浮かせ尻の穴まで舐めてくれたのだ。

「し、静香様、どうか……」

不二郎は声を震わせて言ったが、彼女は構わず充分に舐め回し、自分がされたようにヌルッと舌先を潜り込ませてきた。

好奇心もあるし、自分がされて心地よかったこともあるのだろうが、やはりこれも百合の影響によるものと思われた。

「く……」

彼は快感に呻き、肛門で美女の舌先をキュッと締め付けた。

静香も内部で舌を蠢かせてから引き抜き、再び一物を含んできた。

そして顔を小刻みに上下させ、スポスポと濡れた口で強烈な摩擦を行なってくれたのだ。

「い、いきそう……、お口を汚してしまいます……」

不二郎はいよいよ危うくなって警告を発したが、静香は濃厚な愛撫をやめなかった。

「い、いく……、あぁーッ……！」

とうとう絶頂に達してしまい、不二郎は身を反らせて口走った。

同時に、二度目とも思えぬ快感が全身を貫き、大量の精汁が勢いよくほとばしって、彼女の喉の奥を直撃したのだ。

「ク……」

静香は噴出を受け止めながら小さく呻き、それでも舌の蠢きと吸引は続けてくれた。

もう出てしまったものは仕方がない。止めようもなく不二郎は快感に身悶え、最後の一滴まで出し尽くしてしまった。

そして魂まで抜かれたようにグッタリと力を抜き、四肢を投げ出すと、静香も一物をくわえたままゴクリと精汁を飲み込んでくれたのだ。

「あうう……」

不二郎はまた畏れ多さと快感に呻き、肛門を引き締めて駄目押しの快感を噛み締めた。

全て飲み干すと、ようやく静香がスポンと口を引き離し、なおも鈴口から滲む余りのシズクまで舐め取ってくれた。

その刺激に、ヒクヒクと幹が過敏に反応した。

やがて、もう出ないと知ったか、彼女は顔を上げて舌なめずりし、再び添い寝し、腕枕してくれた。

「これが子種の味か。あまり味はないが、生臭い……」

静香は感想を述べたが、その吐息に精汁の生臭さは残らず、さっきと同じ刺激的な花粉臭が感じられた。

不二郎は彼女の胸に抱かれながら、また快感の余韻に浸り、いつまでも胸を高鳴らせていた。

命を捨てる覚悟で仙境に来たが、まさかこのような快楽が得られるなど思ってもいなかったものだ。

「男女で戯れるとは、何と心地よいものだろう。これなら、もっと早く知っておけば良かった……」

静香が言い、やがて呼吸を整えた不二郎は身を起こし、襖に手を掛けた。

情交をしたのだから、もう開くような気がしたのである。

四

「開きますよ、静香様……」

不二郎が言うと、静香も身を起こしてきて、二人で全裸のまま恐る恐る部屋の中を見た。

すると百合の姿はなく、布団には全裸の小夜が横たわっていた。

「姫様……」

静香は全裸のまま中に入って言い、不二郎も従った。何やら誰もが裸だと、それが自然のような気さえしてきた。

「静香……」

小夜が目を開き、心細かったように彼女の胸に縋《すが》った。

「ご無事で何より……。百合は？」

「知らないわ……」

小夜は小さく答え、不二郎の方を見た。

「家臣、辺見不二郎と申します。斯様《かよう》なりでご無礼つかまつりますが、静香様とともにお助けに参りました」

不二郎は全裸のまま平伏して言った。

「大儀……」

小夜は言ったが、恐らく生まれて初めて男の裸を見たのであろう。すぐに静香に視線を戻した。

「この仙境で出会ったのは百合だけですか。食べ物とかは？」

「百合の他は誰も見ていない。どうやら、ここでは時がゆっくり流れているようで、腹は空かぬ」

「左様ですか。して、常に百合に淫らなことを？」

静香は訊いたが、不二郎は何しろ小夜の輝くように清らかな裸体に目を奪われていた。

「女同士なので、陰戸を犯されることはないが、何かと舐めさせられ……」

「お気の毒に。素破風情が姫君に対し……」

静香は言ったが、また途中で口を押さえた。

「百合というのは、黒百合と白百合とは別のものと思われます」

不二郎は口を挟んだ。

「なぜ」

「あの二人は、今までに何度か夜盗と戦い、この仙境へ吸い込んでは吐き出しましたが、出てきた夜盗は赤子同然。してみると、奴らの邪心を吸って百合は生きているような気がします」

不二郎は言ったが、むろん想像の域を出ない。

「どちらにしろ、藩に戻るには百合を満足させねばならぬか……」

静香は言い、ふと気づいて、自分の刀を取りに隣室へと戻った。

すると、その瞬間襖がピシャリと閉まり、彼女は隣室に閉じ込められてしまったのだ。

静香は中で暴れているようだが、物音も微かにしか聞こえず、襖はびくともしなかった。

「あ……」

不二郎が襖に向かおうとすると、小夜が止めるように縋り付いてきた。

「静香は大丈夫。それより、百合が姿を消すとき、不二郎と情交しろと私に言い置き……」

「え……？」

彼は、しがみつく高貴な美少女に戸惑いながら動きを止めた。

「どうか。私は早く屋敷に帰りたい」

小夜が、つぶらな眼差しで必死に訴えかけた。

男の全裸に顔を背けたのは静香がいたから決まり悪かったか、あるいは百合の影響で、無垢ながらも相当な淫気を湧かせるよう仕向けられているのかも知れなかった。

「し、しかし姫様と情交するなど……」

「静香にも、誰にも内緒」

小夜は囁き、まるで百合に操られているかのように熱っぽく艶めかしい眼差しになっていた。

十七歳の神聖な唇からは、湿り気ある果実臭の息が洩れ、たちまち不二郎もピンピンに勃起してきてしまった。

「よろしいのですか……」

不二郎も淫気に包まれ、思わず小夜を抱きすくめてしまった。

すると彼女もうっとりと力を抜いて布団に倒れ込み、不二郎も裸で抱き合ったまま横になった。

上からそっと唇を重ねると、小夜も下から両手で激しく縋り付いてきた。

柔らかな唇が密着し、甘酸っぱい息の匂いが悩ましく鼻腔を刺激してきた。

不二郎は清らかな感触と匂いを味わいながら、そろそろと舌を差し入れ、白く綺麗な歯並びを舐めた。

すると小夜も歯を開き、彼の舌を受け入れてチュッと吸い付いてきた。

口の中は、さらに美少女のかぐわしい匂いが満ち、生温かな唾液に濡れた舌はチロチロと滑らかに蠢いた。

不二郎は舌をからめながら、そっと乳房に触れ、ぽっちりとした乳首を指の腹で愛撫した。

「アア……」

小夜が口を離し、顔をのけぞらせて熱く喘いだ。

不二郎は彼女の白い首筋を舐め下りながら、胸に移動していった。

乳房は、側室である母親の桔梗が豊満な方だから、小夜も案外に形良く豊かな膨らみをしていた。

彼は桜色の乳首にチュッと吸い付く、舌で転がしながら顔中を膨らみに密着させ、神聖な感触と甘く生ぬるい肌の匂いを味わった。

もう片方も含んで舐め回し、左右の乳首を交互に愛撫すると、小夜はくすぐったそうにクネクネと身悶え、さらに甘い汗の匂いを揺らめかせた。

もちろん不二郎は姫君の腋の下にも顔を埋め込み、汗に湿った和毛に鼻を擦りつけて体臭を嗅いだ。

肌はさすがにきめ細かくスベスベで、脇腹を舐め下りて腹の真ん中に移動し、愛らしい縦長の臍を舐めて張りのある下腹に降りていった。

もちろん股間は最後に取っておき、不二郎は静香にもしたようにムッチリとした太腿から脚を舐め下り、足首まで舌でたどっていった。

足裏を舐め、指の股に鼻を割り込ませると、いかに姫君でも、やはりそこは汗と脂に蒸れた匂いを籠もらせていた。

不二郎は爪先にしゃぶり付き、全ての指の股を味わい、両足とも賞味した。

そして彼女を俯せにさせ、踵から脹ら脛、ヒカガミを舐め上げ、太腿から尻の丸みを舐め上げた。

姫君を愛撫するなど、屋敷に戻ったら考えられない行為である。だから今、彼女の裏も表も、全て味わいたかったのだ。

傷一つない白い肌を腰から背中まで舐め上げると、うっすらと汗の味がした。

「う……」

小夜は、くすぐったそうに顔を伏せたまま小さく呻き、肌を緊張させた。

肩まで行き、うなじを舐め、耳朶《みみたぶ》もそっと吸ってから、彼はまた背中を這い下り、脇腹にも寄り道しながら可愛らしい尻に戻ってきた。

今度は両の親指で双丘をムッチリと広げ、奥でひっそり閉じられている薄桃色のツボミに鼻を押しつけた。

やはり姫君といえども、素破や女武芸者同様、秘めやかな微香が悩ましく籠もっていた。

不二郎は小夜の匂いを心ゆくまで貪ってから、舌先でくすぐるようにチロチロとツボミを舐め回し、細かな襞の震えを味わい、もちろん中にもヌルッと潜り込ませた。

「あう……」

小夜が小さく呻き、キュッと肛門を締め付けてきた。

彼は滑らかな粘膜を存分に味わってから、やがて再び小夜を仰向けにさせ、片方の脚をくぐって股間に顔を迫らせた。

白く滑らかな内腿を舐め、中心部を見ると、姫君の茂みは楚々として淡く、ぷっくりと丸みを帯びた割れ目からは、薄桃色で小振りの花びらが僅かにはみ出していた。

そっと指を当てて陰唇を開くと、無垢な膣口が丸見えになり、ポツンとした尿口も確認でき、包皮の下からは光沢あるオサネも顔を覗かせていた。

隣の部屋では、静香が気が気ではないだろう。

しかしどうすることも出来ず、不二郎は淫気に包まれながら、姫君の股間にギュッと顔を埋め込んでしまった。

柔らかな若草に鼻を擦りつけると、汗とゆばりの匂いが可愛らしく籠もり、彼は何度も深呼吸して姫の体臭を貪ってしまった。

舌を伸ばし、陰唇の表面から舐めはじめると、乾いた汗かゆばりか判然としない味わいがあり、奥へ差し入れると淡い酸味のヌメリが感じられた。

やはり無垢でも、百合の調教があって淫水を漏らしているのだ。

不二郎は生娘の膣口を舐め、入り組んだ襞をクチュクチュと掻き回した。

そして滑らかな柔肉をたどり、オサネまで舐め上げていくと、

「アア……」

小夜がビクッと顔をのけぞらせて喘ぎ、内腿でムッチリと彼の両頬をきつく挟

み付けてきた。

不二郎は彼女の腰を抱え込んで抑え、舌先でチロチロと弾くようにオサネを舐め、次第にトロトロと大量に溢れてくる蜜汁をすすった。

五

「ああ……、不二郎、気持ちいい……」

小夜は今にも気を遣りそうなほど声を上ずらせて喘ぎ、ガクガクと腰を跳ね上げた。

不二郎も執拗にオサネを舐めては、指先で無垢な膣口を揉みほぐすように浅く挿し入れて内壁を擦った。

「入れて……、不二郎……」

とうとう小夜が言い、不二郎も覚悟を決めて緊張気味に顔を上げた。

「姫様にのしかかるわけに参りませんので、どうか上からご存分に……」

不二郎が言って仰向けになると、入れ替わりに小夜が身を起こし、彼の股間に熱い視線を注いできた。

「これが、男のもの……」

彼女は言って屈み込み、恐る恐る指を這わせてきた。

もちろん不二郎も、心は気後れしているが肉棒の方は激しく突き立っていた。無垢な指先が好奇心で這い回り、幹から亀頭までたどってきた。

さらに小夜は顔を寄せ、とうとう鈴口から滲む粘液をチロリと舐め取ってくれたのだ。

「あう……、い、いけません、姫様……」

畏れ多い快感に不二郎は呻いて言ったが、彼女はヌラヌラと先端を舐め回し、熱い息で恥毛をくすぐりながら、とうとうスッポリと含んでしまった。

「アア……」

不二郎は生温かな口に含まれ、清らかな唾液にまみれながら喘いだ。

小夜も無邪気にチュッチュッと吸い付き、内部でチロチロと舌を蠢かせた。

不二郎は急激に高まり、胸を震わせて絶頂を迫らせてしまった。

しかし彼女も、充分に唾液で濡らしただけでチュパッと口を引き離して、身を起こしてきた。

不二郎が手を握って支えると、小夜もそろそろと彼の股間に跨がり、先端を濡れた陰戸に押し当ててきた。

さして緊張や不安の色が見えないのは、やはり百合の影響だろうか。

やがて位置を定めると、小夜は息を詰めてゆっくり腰を沈み込ませてきた。

「あう……」

彼女が僅かに眉をひそめて呻き、それでもやめずにヌルヌルッと根元まで受け入れ、ぺたりと座り込んできた。

不二郎も、肉襞の摩擦と、今までで一番狭い膣内の締まりに暴発を堪えた。生娘で痛いだろうから、早く済ませた方が良いのだろうが、やはりじっくり味わいたかったのだ。

小夜は彼の胸に両手を突き、密着した股間をクネクネと蠢かせながら、やがて上体を起こしていられなくなったように身を重ねてきた。

不二郎も抱き留め、僅かに両膝を立て、局部のみならず彼女の尻や太腿の感触も内腿で味わった。

「痛いですか。やめても構いません」

「大丈夫……」

囁くと、小夜は健気に小さく答えた。

不二郎は姫君の柔らかな唇に鼻を押し込み、まるで上も下も挿入したようにしながら、口の中の甘酸っぱい芳香を嗅いだ。

息と唾液の匂いが悩ましく鼻腔を掻き回し、その刺激が一物に伝わると、否応なくズンズンと股間が動いてしまった。

「ああ……」

小夜が熱く喘ぎ、さらに濃厚な果実臭を吐き出した。

そして唇を重ね、ぷっくりした弾力を感じながら舌を差し入れた。

白く滑らかな歯並びをたどり、引き締まった桃色の歯茎まで舐め回すと、彼女の歯も開かれ、彼の舌に吸い付いてくれた。

ネットリと舌をからめると、何とも清らかな唾液が生温かく彼の口に注がれてきた。

「もっと唾を下さいませ……」

口を触れ合わせたまま囁くと、小夜も懸命に分泌させ、トロトロと大量の唾液を吐き出してくれた。

細かに弾ける小泡の一つ一つにも、高貴な美少女の甘酸っぱい芳香が含まれ、不二郎は充分に味わってから飲み込み、うっとりと喉を潤して酔いしれた。

「どうか、顔中にも……」

言うと、小夜はキュッキュッと一物を締め付けながら、彼の鼻筋にトロリと唾液を垂らしてくれ、自分から舌を這わせてくれた。

舐め回すと言うより、吐き出した唾液を舌で顔中に塗り付けるようだ。

不二郎の口の周りも鼻の穴も、頬も瞼も清らかな唾液でヌルヌルにまみれ、悩ましい果実臭が胸にも沁み込んできた。

「ああ……、気持ちいい……」

不二郎は喘ぎながら、さらに股間の突き上げに勢いを付けていった。

「アア……」

小夜も喘ぎ、溢れる淫水に次第に動きが滑らかになっていった。彼も姫君への気遣いより、溶けてしまいそうな快感に専念してしまった。

何とも心地よい摩擦が一物を包み、いつしかクチュクチュと湿った音も響きはじめていた。

「い、いく……、アアッ……！」

とうとう不二郎は絶頂の快感に全身を貫かれ、喘ぎながらありったけの精汁を姫君の内部にドクドクと勢いよくほとばしらせてしまった。

「あう……、不二郎、熱い……」

噴出を感じた小夜も呻いて口走り、キュッキュッと精汁を飲み込むような収縮を繰り返した。

果ては不二郎も快感に任せ、股間をぶつけるように激しく突き上げ、心置きなく最後の一滴まで出し尽くしてしまった。

そして、すっかり満足しながら徐々に動きを弱め、美少女のかぐわしい息を嗅ぎながら、うっとりと快感の余韻に浸り込んだ。

「ああ……、不二郎……」

小夜も力尽きたようにグッタリと力を抜いてもたれかかり、彼の耳元で荒い呼吸を繰り返した。まだ膣内の収縮は続き、刺激されるたび過敏になった亀頭が内部でピクンと跳ね上がった。

「痛かったかと思います。申し訳ありません……」

「いいえ、痛いのは最初だけ……、じきに心地よくなり、今も身体が宙に舞うように良い気持ち……」

囁くと、小夜が息を弾ませて答えた。

やはり百合の影響によるものか、不二郎たちより長くこの仙界にいる小夜は、すっかり快楽が得られるようになり、今も不完全ながら気を遣ったのかも知れなかった。

やがて呼吸を整えると、小夜はそろそろと股間を引き離し、そのままゴロリと横になった。

不二郎が身を起こして周囲を見ると、布団の下に懐紙が置かれていたので、それで手早く一物を拭い、姫君の股間に顔を潜り込ませていった。

陰唇は痛々しくめくれ、膣口から逆流する精汁には、ほんの僅かに血の糸が走っていた。

優しく拭うと、小夜もそれほど痛そうにしていないので彼もほっとした。

処理を終えると、ようやく小夜も身を起こした。

するとそのとき、隣室から、

「アアーッ……！」

静香の声が聞こえてきた。

驚いて立ち上がり、不二郎が襖に駆け寄って開けると、何と難なく開いたではないか。

中では、いつの間に入っていたのか百合が立ち上がり、失神したように正体を失くしている静香を横抱きにして、こちらの部屋に入ってきた。

「し、静香様をどうしたのです……」

「舐めていかせてやりました。さあ、これで三人とも快楽を知ったでしょう。皆で私を気持ち良くさせて」

百合は言って静香を横たえると、全裸で仰向けになった。

「うう……」

静香も、徐々に正気を取り戻し、呻きながら身を起こしてきた。

「さあ、女たちは私のお乳を、そなたは陰戸を」

百合の両手が伸び、静香と小夜は両脇に添い寝させられた。そして左右の乳首を含まされると、不二郎も恐る恐る開かれた股間に顔を寄せていった。

恥毛も黒と白が左右に半分ずつ。陰唇は興奮で淡紅色に染まり、間から見える柔肉も淫水に潤って息づいていた。

恥毛に鼻を埋め込んで嗅ぐと、匂いは左右とも同じ、黒百合と白百合の体臭と似通っていた。汗とゆばりの匂いが馥郁《ふくいく》と混じり合い、不二郎は鼻腔を満たしながら舌を這わせはじめた。

するとさらに熱い淫蜜がヌラヌラと溢れて舌の動きを滑らかにさせた。

舐めていると、すでに何度も射精しているのに、たちまち不二郎の一物は激しく屹立し、大きな淫気が湧き上がってきたのだった。

第三章　妖艶な側室

一

「アア……、いい気持ち……」

百合が、うねうねと身悶えながら熱く喘いだ。

両の乳首には静香と小夜が吸い付き、不二郎はオサネを舐め回し、溢れる淫水をすすっていた。

不二郎も次第に夢中になり、姫を連れて元の世に戻ることすら頭の片隅に追いやられ、激しい淫気に見舞われていた。

さらに百合の腰を浮かせ、白く豊満な尻の谷間にも鼻を埋め込み、可憐なツボミに籠もる秘めやかな微香を貪り、舌を這わせた。

そしてヌルッと潜り込ませて粘膜を味わい、やがて陰戸から滴る蜜汁を舐め上げ、再びオサネに吸い付いていった。

「あうう、入れて……」

百合が呻きながらせがみ、すっかり待ちきれなくなった不二郎も身を起こし、熟れた陰戸に股間を進めた。

先端を押し当てて擦り、充分にヌメリを与えながら位置を定め、ゆっくりと挿入した。

屹立した肉棒は、滑らかにヌルヌルッと柔襞の摩擦を受けながら根元まで吸い込まれた。深々と押し込んで股間を密着させると、不二郎は百合に身を重ねていった。

「ああ……、なんて、いい……」

百合は顔をのけぞらせてキュッと締め付け、うっとりと喘ぎながら彼を抱きすくめてきた。もちろん左右の乳首に吸い付いている静香と小夜も、一緒に抱き留めた。

「突いて……、強く、奥まで……」

百合が言い、モグモグと味わうように膣内を収縮させた。

あるいは彼女は、こうして男と交わるのは初めてなのかも知れない。しかし黒百合と白百合を合わせた化身だから、痛みはなく最初から感じているようだ。

下から百合が不二郎の顔を抱き寄せ、唇を重ねさせた。

長い舌がヌルッと潜り込み、クチュクチュとからみついた。吐く息は毒々しいほど濃厚に甘く、彼の鼻腔を刺激的に掻き回してきた。

すると百合は、左右の二人の顔も引き寄せ、一緒に舌を出させたのだ。

百合と静香と小夜の舌が、それぞれヌラヌラと滑らかに不二郎の舌にからみつき、混じり合った息の匂いが何とも悩ましく胸に沁み込んだ。

三人の美女たちの、混じり合った唾液も生温かく、すすって飲み込むたび快感が突き上がった。

不二郎は我慢できず、股間をぶつけるように突き動かし、締まりの良さと柔襞の摩擦で急激に高まっていった。

「い、いきそう……」

「……、アアーッ……！」

不二郎が降参するように口走ると、百合も下からズンズンと股間を突き上げながら喘ぎ、何度も弓なりに反り返っては彼の全身を上下させた。

やがて百合は激しく気を遣り、膣内を艶めかしく収縮させた。

「く……！」

続いて不二郎も昇り詰め、突き上がる快感に呻きながら熱い大量の精汁をドクンドクンと勢いよく柔肉の奥にほとばしらせた。

「あう……、いい、もっと……！」

百合は反り返ったまま硬直して言い、ヒクヒクと痙攣した。

不二郎は心置きなく最後の一滴まで出し尽くし、徐々に動きを弱めながら力を抜いて百合に身を預けていった。

まだ膣内はキュッキュッと収縮を繰り返し、過敏に反応した幹がピクンと跳ね上がるたび、さらに強く締め付けられた。

不二郎は三人分のかぐわしい息を嗅ぎながら余韻を噛み締め、自分も呼吸を整えた。

「アア……、良かった……」

「これで、三人を帰してくれますか……」

百合が喘ぎ、不二郎はそろそろと一物を引き抜きながら言った。

「ええ……、陰戸に渦が起きる……」

「え……？」

百合の言葉に不二郎は驚き、身を起こして静香と小夜を抱き寄せた。

見ると満足げに息づいている陰戸の形状が、陽炎のようにユラリと歪み、みるみる目に見えない渦が現れた。

「か、刀と着物を……」

「そんな猶予はありません！」

静香が言い、不二郎は左右の二人をきつく抱いた。

出現した穴は黒ではなく、黒百合と白百合を混ぜたような灰色だった。

「す、吸い込まれ……」

不二郎が言った途端、三人はあっという間に渦に呑み込まれ、周囲は漆黒の闇と化した。

何も見えないが、左右からしがみつく二人の感触は伝わり、意識もはっきりしてきた。

やがて彼方に白いものが見え、三人はその中に吸い込まれた。

「うわ……！」

不二郎は声を上げ、たちまち三人は陣屋敷の姫の寝所に姿を現した。

「ひい……！」

待機していた桔梗が声を上げ、不二郎は全身ヌラヌラと粘液にまみれながら身を起こした。静香も気は失っておらず、小夜を抱き上げると、彼女もすぐに目を開いた。

粘液は、味も匂いもなかった。周囲を見回すと、黒百合と白百合が、ほっとしたような表情で、開かれていた着物の裾を直した。

「姫様、大丈夫ですか……」

「ええ……」

静香が言うと、小夜も答えた。どうやら三人とも、赤子のようになって頓死するわけではなく、元の意識をしっかり持っているようだった。

「戻ったか……、おお！　姫、ご無事で……」

隣室に待機していた伊兵衛も、襖を開けて顔を輝かせた。

「早く、湯殿へ」

「はい！」

伊兵衛が言うと、桔梗と黒百合と白百合の三人が立ち上がり、晒しで小夜を包み込むように抱え上げた。

不二郎と静香は遠慮し、小夜のあとにしようと思ったが、

「怖いわ。静香、不二郎、一緒に来て……」

小夜が言うので、二人もヌラつく身体を起こして一緒に寝所を出た。

「我らは、どれぐらいの時を経て出てきましたか」

「ほんの、四半刻（約三十分）足らずです」

不二郎が訊くと、桔梗が答えた。やはり、仙境では時間がゆっくり流れているようだった。そして何度も得た射精の疲労もなく、むしろ全身に力が漲っていたのだ。

やがて廊下を進み、三人は湯殿に入った。

裾をまくろうとした桔梗に小夜が言うと、彼女は脱衣所で待機し、黒百合と白
「三人だけにして」

百合は粘液に濡れた廊下の掃除にかかった。

戸を閉め、三人だけになると、静香が湯を汲んで小夜の身体を洗い流した。

「仙境での出来事は、誰にも言いませぬように」

静香が、桔梗に聞こえぬよう囁き、小夜と不二郎も頷いた。だから三人で口裏

を合わせ、穏やかな風景の中で百合という女が案内してくれ、無事に戻ることが出来たことにしようと囁き合った。

元結いを解き、髪も身体も全て洗い流すと、まず小夜を出し、桔梗が甲斐甲斐しく身体を拭いた。静香と不二郎は自分で拭き、用意された下帯と寝巻を身に着けた。

そして報告のため、再び寝所へ戻ろうとすると、

「な、何をする。止めい……！」

伊兵衛の切迫した声がしたので、不二郎と静香は何事かと顔を見合わせてから、急いで寝所に入った。

すると黒百合が懐剣で、自らの喉を突こうとしていたのだ。

「どうか此度の不始末をつけさせて下さいませ。その代わり、白百合はどうかご容赦を」

黒百合が涙ながらに言い、それを伊兵衛が必死に押しとどめていた。

不二郎は静香より素早く駆け寄り、黒百合の懐剣を奪い取っていた。自分でも驚く決断と行動力である。

黒百合が諦めたようにガックリとうなだれると、伊兵衛もほっとしたように肩

の力を抜いた。

「良いか。そなたたち素破は、代々当藩に仕え、多くの功績を残してきた。その末裔《まつえい》なのだから、やがて婿を取って幸せになってもらわねば困る」

伊兵衛が優しく言い、やがて黒百合も落ち着きを取り戻すと、静香が、先ほど打ち合わせた通りの報告を皆にしたのだった。

「よし。ではこれにて一件落着だ。静香に不二郎、ご苦労だった。ゆっくり休むが良い」

言われて、不二郎も辞儀をして引き上げていった。

考えてみれば、まだ昼だ。彼は寝巻姿のまま大台所へ行き、片隅で茶漬けを食ってから、侍長屋へと戻っていったのだった。

二

「此度のお働き、誠にご苦労に存じます」

桔梗が、不二郎の部屋に来て深々と頭を下げた。我が娘が無事に戻ったことがよほど嬉しいのだろう。

「いいえ、寝巻のままで申し訳ありません」

不二郎は恐縮して答えた。

さして疲れはないが、今日は休み、仙境のことなど思い出しながら横になろうと思い、床を敷き延べたところだった。

「正直に申しますと、最初は何と頼りない方だと思っていたのですが、今はことのほか頼もしく見えます」

「いえ、そのようなこと……」

「姫も、不二郎殿のことばかり言い、また近々お目通り願いますが、どうか、姫が求めるようなことがあっても、軽はずみなことはお控え下さいますよう」

桔梗は、釘を刺しに来たようだった。それほど小夜が、不二郎の名ばかり呼ぶのだろう。

「も、もちろんでございます。分は弁《わきま》えておりますので、どうか、そのようなご心配は……」

「分かっておりますが、あまりに姫が求めたときには、お若いのでどうかと懸念しております。淫気も旺盛でございましょうから、その代わり、この私がどのようにでも……」

「え……？」

話の成り行きに、思わず不二郎は聞き返してしまった。

見ると、桔梗の豊かな頬が上気し、眼差しも熱っぽくなっているではないか。

それはまるで恋する乙女のようであり、姫を救った感謝ばかりではなく、明らかに不二郎に淫気を催した感じであった。

どうやら不二郎は、仙境から戻ってからというもの、自分の男としての魅力が格段に増しているのではないかと思った。

「よ、よろしいのですか……」

「はい、私でよろしければ、何でも言う通りに致します」

図々しく言うと、桔梗もきっぱりと答えた。

しかし、考えてみれば主君の側室だ。もちろん藩士の娘であり、家も不二郎などより遥かに格上の家柄である。

だが不二郎も、すっかり度胸がついてしまっていた。

「何でも……、では、どうか何もかもお脱ぎ下さいませ」

「承知しました」

言うと、すぐにも桔梗は立ち上がり、くるくると帯を解きはじめたのである。

不二郎も帯を解いて寝巻と下帯を外し、先に全裸になり布団に仰向けになって待った。

背を向けて着物を落とした桔梗は、腰巻も脱ぎ去ってから腰を下ろし、襦袢も解き放って一糸まとわぬ姿になった。

「では……」

「あ、まだ添い寝はせず、立ち上がって下さいませ」

「え……？　立つのですか……」

不二郎が言うと、桔梗は戸惑いながらも約束通り言いなりになり、恐る恐る立ち上がり手で胸を隠した。

さすがに、きめ細かな肌は透けるように白く、隠しても豊満な乳房の膨らみがはみ出し、腰も実に脂が乗って熟れた丸みを持っていた。

「足を、私の顔に乗せて下さいませ」

「え……、なぜ……」

不二郎の言葉に、桔梗が驚いて言った。

「お美しい桔梗様に、邪鬼のように踏まれたいのです。初めて触れるのは足の裏と、それが長年の夢でしたので」

言うと、桔梗も恐る恐る彼の顔の横に一歩踏み出し、壁に手を突いて身体を支えながら、そろそろと足を浮かせ、そっと足裏で彼の鼻と口に触れてきた。

不二郎はうっとりと温もりと感触を味わい、舌を這わせはじめた。

「あッ……！」

桔梗が声を上げ、思わず足を浮かそうとしたが、彼が足首を押さえていた。

不二郎は、踵から土踏まずを舐め回し、縮こまった指の股に鼻を埋め込んで嗅いだ。

恐らく昨夜から入浴せず、まして姫を案じていたから、そこは汗と脂にジットリ湿り、ムレムレになった匂いが濃く籠もっていた。

不二郎は美女の足の匂いを貪るように嗅ぎ、爪先にしゃぶり付いて順々に指の股に舌を割り込ませていった。

「あう……、き、汚いのに……」

桔梗は朦朧となりながら、唾液にまみれた爪先を彼の口の中で震わせた。

不二郎は足を交代してもらい、そちらも新鮮な味と匂いを貪り、心ゆくまで賞味したのだった。

「では顔に跨がり、厠のようにしゃがみ込んで下さい」

「そ、そのようなこと……」

言うと、桔梗はあまりのことにビクリと身じろぎ、声を震わせた。

「どうか、真下から振り仰ぎたいのです」

「で、でも……」

「何でもと仰いましたので、ご無理を承知でお願いしております」

重ねて促すと、ようやく桔梗も恐る恐る彼の顔に跨がり、羞恥を堪えながらゆっくりしゃがみ込んでくれた。

白く量感ある内腿が、血管が透けるほどムッチリと張りつめ、股間が鼻先に迫ってきた。

恥毛は、案外情熱的に濃く密集し、肌が色白だけに黒々とした艶が鮮やかだった。肉づきの良い割れ目からは、薄桃色の花びらがはみ出し、すでにネットリと潤っているのが見て取れた。

「失礼して、触れて中も拝見します」

真下から言って指を当てると、

「く……」

触れられた感覚と見られる羞恥に、桔梗が小さく息を呑み、眉をひそめて肌を強ばらせた。

　奥には、かつて小夜が産まれ出てきた膣口が妖しく息づき、白っぽい粘液をまつわりつかせて襞を入り組ませていた。ポツンとした尿口の小穴も見え、包皮の下から突き出すオサネも大きめだった。

　不二郎は豊かな腰を抱き寄せ、柔らかな恥毛に鼻を埋め込み、擦りつけながら隅々に籠もった匂いを嗅いだ。

「ああ……、い、いけません……」

　犬のようにクンクン鼻を鳴らすと、桔梗が声を震わせて言い、下腹をヒクヒク波打たせた。

　彼女の常識では、簡単に挿入して射精し、満足して終わりというようなものだったのだろう。

　不二郎が真下から陰戸を舐め回すと、溢れる淫水にヌラヌラと滑らかに舌が動き、舌を伝ってヌメリが流れ込んできた。

　淡い酸味の蜜汁をすすり、彼は息づく膣口からオサネまで舐め上げていった。

「アアッ……！」

　桔梗が声を上げ、思わずギュッと座りそうになって必死に両足を踏ん張った。

不二郎がチロチロと小刻みにオサネを舐めると、淫水の量が急激に増し、ツツーッとシズクを滴らせはじめた。

「あうう……、堪忍……」

桔梗がクネクネと腰を動かし、息を詰めて呻いた。

もちろん自分でいじることはあっても、舐められるのは生まれて初めてのことだろう。

不二郎は充分に舐めて刺激し、ヌメリをすすってから白く豊満な尻の真下に潜り込んでいった。

顔中を丸い双丘に密着させ、谷間にひっそりと閉じられたツボミに鼻を押しつけて嗅ぐと、やはり秘めやかな微香が悩ましく籠もっていた。

彼は美女の最も恥ずかしい匂いを貪り、舌先でくすぐるように舐め、ヌルッと潜り込ませた。

「く……！　駄目……」

桔梗は息を詰め、反射的にキュッときつく肛門で舌先を締め付けてきた。

不二郎は滑らかな粘膜を舐め、舌を出し入れさせるように蠢かせた。すると、陰戸から滴った新たな蜜汁が鼻先を濡らしてきた。

彼は肛門から再び陰戸に戻ってヌメリを飲み込み、光沢あるオサネにチュッと吸い付いていった。

「アア……、も、もう……！」

桔梗はすっかり高まり、絶頂を恐れるように言って股間を引き離した。

「では、今度は私の一物を可愛がって下さいませ」

不二郎は気後れもせずに言い、仰向けのまま大股開きになった。桔梗も、されるよりする方が気が楽なのか、すぐにも彼の股間に陣取って腹這い、顔を寄せてきた。

そして屹立した肉棒の裏側を舐め上げ、熱い鼻息で恥毛をそよがせながら、スッポリと喉の奥まで呑み込んでくれたのだった。

三

「ああ……、いい気持ちです……」

不二郎は、桔梗の温かく濡れた口に含まれ、唾液にまみれた肉棒を震わせながら喘いだ。

彼女もぎこちないながら深々と呑み込み、上気した頬をすぼめてチュッと吸い付き、中では舌もクチュクチュと蠢かせてくれた。

下向きだから唾液もたっぷり溢れ、滴るのを羞じらうように何度か含んだまますすり上げ、その音もまた上品な桔梗にしてはお行儀悪くて興奮をそそった。

そして苦しくなったようにスポンと口を離し、もっぱらチロチロと舌先で鈴口や幹の裏側を舐めてくれた。藩主しか知らぬ桔梗だけに、大胆な愛撫も淫らさより無邪気ささえ感じられた。

「アア……、どうかここも……」

ふぐりを指して言うと、桔梗は厭わず袋を舐め回し、唾液に濡らしながら二つの睾丸を舌で転がしてくれた。

「ああ……、ここも、お嫌でなかったら、ほんの少しだけ……」

さらに不二郎は図々しく、自ら両脚を浮かせ、手で尻の谷間を広げて言った。

側室にさせるようなことではないが、なぜか今の不二郎は自身の欲望に正直になっていた。

そして桔梗も、そっと舌先でチロチロと彼の肛門を舐め回してくれ、さらにヌルッと潜り込ませてくれたのだ。

「く……、も、もう結構です。有難うございました……」

さすがに申し訳なくなり、不二郎は自分から脚を下ろして言った。

桔梗も、再び肉棒をしゃぶってくれ、彼も充分に高まった。

「では、どうか茶臼（女上位）で跨がって交接して下さいませ」

言うと、桔梗もすっかり待ちわびていたように、すぐ身を起こしてきた。

彼の股間に跨がり、自らの唾液に濡れた先端に陰戸を押し当ててきた。

そして息を詰め、位置を定めてゆっくりと腰を沈み込ませていった。

張りつめた亀頭が潜り込むと、あとは重みと潤いに助けられ、一物はヌルヌルッと滑らかに根元まで呑み込まれた。

「ああーッ……！」

完全に座り込み、深々と受け止めると、桔梗は顔をのけぞらせて喘いだ。

もちろん上になっての交接は、生まれて初めてのことだろう。

不二郎も、肉襞の心地よい摩擦と熱いほどの温もり、大量のヌメリときつい締め付けに包まれて暴発を堪えていた。子を産んでいても、締まりは良いものだという新鮮な発見もあった。

桔梗は無意識に、密着した股間をグリグリと動かして豊かな乳房を揺すってから、やがて身を重ねてきた。

不二郎は顔を上げ、その豊満な膨らみに顔を埋め込み、桜色の乳首にチュッと吸い付いた。

柔らかな乳房が顔中を包み込み、何とも甘ったるく上品な汗の匂いが鼻腔を満たしてきた。

彼は乳首を舌で転がし、充分に吸ってから、もう片方も含んで味わい、さらに腋の下にも顔を埋め込み、艶めかしい腋毛に鼻を擦りつけ、濃厚な体臭に噎《む》せ返った。

そしてズンズンと股間を突き上げはじめると、

「アアッ……、奥まで、響きます……」

桔梗が目を閉じて口走り、自らも動きに合わせて腰を遣いはじめた。

淫水の量も増し、溢れた分が彼のふぐりから内腿までネットリと濡らして、律動とともにピチャクチャと淫らに湿った摩擦音を響かせた。

不二郎は高まりながら、彼女の白い首筋を舐め上げ、ぽってりとした色っぽい唇に迫った。

彼女の口からは、熱く湿り気ある息が洩れ、それは白粉《おしろい》のように甘い刺激を含んで実にかぐわしかった。

不二郎は唇を重ね、舌を差し入れて滑らかな歯並びを舐め、さらに奥へ侵入して舌をからみつかせた。

「ンン……」

桔梗が熱く鼻を鳴らし、ネットリと舌を蠢かせてくれた。

「どうか、もっと唾を下さい……」

股間を突き上げながら言うと、桔梗も応えながら懸命に唾液を吐き出してくれた。不二郎は生温かな美女の唾液を味わい、うっとりと喉を潤しながら絶頂を迫らせていった。

今頃ゆっくり休んでいる小夜も静香も、まさか不二郎が桔梗と交わっているなど夢にも思わないだろう。いや、この桔梗自身、不二郎が仙界にて小夜と交わったことを知らないのだ。

「舐めて下さい。顔中……」

囁くと、桔梗も快感に包まれながら色っぽい舌を伸ばし、彼の鼻の穴を舐め、惜しみなく甘い刺激の息を吐きかけてくれた。

「ああ、何と良い匂い……」

不二郎は高まりながら呟き、さらに桔梗は顔中にもヌラヌラと舌を這わせ、鼻筋も頬も瞼も生温かな唾液にまみれさせてくれた。

「噛んで……」

次第に遠慮もなくなって言うと、桔梗は綺麗な歯でそっと彼の頬や鼻の頭に歯を当ててくれた。

「い、いく……、ああッ……！」

とうとう不二郎は甘美な刺激に昇り詰めてしまい、突き上がる快感に喘ぎながら、ありったけの熱い精汁を勢いよく内部にほとばしらせてしまった。

「き、気持ちいいッ……、アアーッ……！」

すると噴出を受けた桔梗も、同時に声を上ずらせ、全身をガクンガクンと狂おしく波打たせながら気を遣った。

膣内の収縮も最高潮になり、不二郎は揉みくちゃにされる思いで快感を味わいながら最後の一滴まで出し切った。

満足して徐々に動きを弱め、豊満な美女の重みと温もりを味わい、甘い刺激の息を間近に嗅ぎながら余韻に浸った。

「ああ……、こんなに良いものだなんて、初めて知りました……」

桔梗も、精根尽き果てたように熟れ肌の硬直を解き、グッタリと彼に体重を預けながら言った。

まだ膣内は名残惜しげな収縮を繰り返し、刺激された亀頭が過敏にヒクヒクと震えた。

やがて呼吸も整わぬうち、桔梗が股間を引き離して半身を起こした。

「まだこんなに勃って……」

桔梗が屹立している一物を見て言い、懐紙でそっとヌメリを拭い取ってくれ、そして自分の陰戸も手早く処理をした。

「まだ出したりないのですか……、それなら、私のお口に……」

桔梗は言って屈み込み、スッポリと喉の奥まで呑み込んでくれた。

「ああ……」

不二郎も、いくら射精しても淫気が治まらない思いで、桔梗の温かな口の中で舌に翻弄されながら喘いだ。

やがて高まりながら、彼は桔梗の下半身を抱き寄せた。

彼女も含んだまま身を反転させ、上から彼の顔に跨がって陰戸を押しつけ、女上位の二つ巴になってくれた。

反対向きになると、一物を含んでいる桔梗の鼻息がふぐりをくすぐった。

不二郎も陰戸を舐めると、目の前で可憐な肛門が収縮した。

しかしオサネを舐めると、桔梗は吸引に集中出来ないのか、豊かな尻をくねらせた。

「桔梗様、ゆばりを出して下さいませ……」

「え……?」

言うと、さすがに桔梗もスポンと口を離して聞き返してきた。

「どうしても、飲んでみたいのです。どうか」

言いながら陰戸に吸い付くと、

「く……」

桔梗も呻きながら再び亀頭を含み、舐め回しながら吸ってくれた。

不二郎はズンズンと股間を突き上げ、美女の濡れた口に摩擦してもらいながら陰戸を見つめた。

すると桔梗も願いを叶えてくれ、勢いは弱いがほんの少量、チョロチョロとゆばりを放ってくれたのだ。

不二郎は口をつけて受け止め、味も匂いも淡い流れを夢中で飲み込みながら、再び絶頂に達してしまった。

快感とともに勢いよく射精すると、

「ンンッ……」

桔梗が喉の奥を直撃されて呻き、なおもチュッと強く吸い出してくれた。

不二郎は美女のゆばりを飲み込みながら心置きなく射精すると、彼女もゴクリと喉を鳴らしてくれた。

互いに飲み合いながら、やがて不二郎が出し尽くすと、彼女のゆばりも流れを納めた。

不二郎は陰戸を舐め回して余りのシズクをすすったが、すぐにも新たな淫水が溢れ、割れ目内部には淡い酸味のヌラつきが満ちていった。

そして彼は美女の味と匂いを堪能しながら、余韻を味わったのだった。

四

（どうも変だ……）

桔梗が引き上げてから、不二郎は自身の心身の変化について考えた。

どうにも、行動力や決断力が増し、上の立場の人々に対しても気後れがなくなっている。

寝ていても仕方がないので、不二郎は陣屋敷を出た。

そして近くにある藩校に出向いた。そこにある書物でも読み、日頃の調子を取り戻そうと思ったのだ。

藩校は、書庫や勉学の場と、剣術道場に二分されていた。

稽古する気合いや物音が聞こえていたので、どうやら静香も休んでいる気にならず、道場に来ているようだった。

武者窓の格子から覗いてみると、静香が多くの女子を相手に、袋竹刀《ふくろしない》で稽古をつけていた。

いまは治水工事のため大部分の若い藩士が不在だから、道場にいるのは女ばかりだ。中からは、女の甘ったるい汗の匂いが漂い、また不二郎は淫気を催してしまった。

静香の稽古は相変わらず激しく、女子たちもみな息を切らして道場の隅に座り込んでいた。

すると、静香が覗いている不二郎を認めた。

なっていた。

静香も、ともに仙境を越えてきた不二郎に対しては一目置くような言葉遣いに

「どうぞ中へ」

不二郎も悪びれず中に入った。実は、今の稽古を見ていながら、まるで静香が強そうに見えなかったのである。

(やはり、身の内に何かの変化が……)

不二郎は思いながら一礼し、道場に入った。

「退屈そうですね。一手いかが」

「はあ」

袋竹刀を差し出され、不二郎も物怖じせず得物を手にし、股立《ももだ》ちを取った。

その落ち着いた様子に、静香も「おや？」と思ったようだ。何しろ日頃は稽古から逃げてばかりいた不二郎が、悠然と得物を構えたのだ。

他の女子たちも、いつもは頼りない不二郎の登場に、興味深げに成り行きを見つめていた。

当藩の剣術は、ササラになった竹を布で包んで袋竹刀を使用している。防具はなく、骨折するようなことはないが、それでも直に打たれれば気を失うほどに痛

烈である。

「いざ」

礼を交わして対峙すると、いつになく静香も慎重に間合いを詰めてきた。

さすがに剣の手練れだけあり、彼が今までと違うことを本能的に察しているようだった。

双方青眼に構えていたが、不二郎はまるで静香が怖くなかった。

やがて焦れたように静香が踏み込み、強烈な面打ちを仕掛けてきた。

「ヤッ……！」

静香の気合いと、踏み込む音が道場に響いた。

しかし彼女はガラリと得物を取り落としていたのだ。不二郎の素早い出小手《でごて》が決まったのである。

「あッ……！」

「失礼。強すぎましたか」

静香が驚いて声を上げ、打たれた右手首を押さえて目を丸くした。

「な、何の、いま一手！」

彼女は急いで袋竹刀を拾い上げ、再び身構えた。

そして冷静さを失い、逆上したように遮二無二激しい連続攻撃を仕掛けてきたのだ。

しかし不二郎はその場に立ったまま動かず、悉く彼女の攻撃を受け止め、体当たりされても弾き返していたのである。まるで師範級のものに、初心者が無駄な技を繰り出しているだけのようだった。

「く……！」

焦った静香が一息ついた瞬間、不二郎は彼女の面を軽くポンと打っていた。それだけで彼女はもんどり打ち、道場に尻餅を突いてしまった。

「ま、参った……」

息を切らして立ち上がることも出来ず、静香は無念そうに言うなり、彼を睨み上げた。

「な、なぜ今まで弱いふりをしていた！」

「いえ、勉学の方が性に合っていたからです」

「おのれ……、小馬鹿にしおって……」

静香は言って、ようやく立ち上がるなり皆を見回し、

「今日の稽古はこれまで！」

言うなりさっさと道場を出て行ってしまった。

「すごいわ、辺見様……」

静香がいなくなると、女子の門弟たち十数人が彼を取り囲んで憧れの眼差しを向けてきた。

「静香様が負けるところなど、初めて見ました」

「どうして、あんなにお強いのに今まで隠していたのですか」

口々に言うと、彼女たちの混じり合った汗の匂いが甘ったるく鼻腔を刺激してきた。それに髪の香油や、息の甘酸っぱい匂いまで入り交じり、激しく一物に響いてきた。

どうやら強さだけでなく、桔梗が身を任せたように、男としての魅力も増大しているようである。

「静香様は、あなた方に稽古をつけて疲れていただけですよ」

不二郎は言い、汗一つかかず得物を壁に戻し、名残惜しげな熱い視線をあとに一礼して道場を出た。

そして書庫に入り、夕刻まで本を読み、やがて藩校を出て陣屋敷に戻った。

大台所で夕餉《ゆうげ》を済ませ、侍長屋に戻ると日が暮れたので、行燈《あんどん》に灯を入れて床を敷き延べ、寝巻に着替えた。

するとそこへ何と、白百合が一人で入ってきたのだった。

「やあ、黒百合は？」

「さすがに落ち込み、男のように褌《ふんどし》を固く締めて部屋でふさぎ込んでおります。もう、あの術は使わぬつもりのようです」

「そう。だが仙境から戻ってから、私に大きな変化が起きているのです」

不二郎は、白い髪の白百合に心身の変化について話した。

「そうですか……、それは恐らく、黒百合の気をもらったからだと思います」

「百合の気……？」

「はい。黒百合は今までに、何人もの山賊を呑み込み、全ての力を吸い取り、赤子のようにして私は吐き出しました。奪った力は百合に蓄えられ、それが不二郎様に、淫水や唾とともに流れ込んだのでしょう」

「なるほど……」

いわば何人もの山賊の腕や度胸を百合が吸収し、それを不二郎が貰ってしまったのだ。夜盗とはいえ烏合の衆ばかりでなく、中には元武士で剣の手練れもいたことだろう。

それら全ての力が不二郎のものとなったため、一人の静香では敵いようもなかったのだった。

「なぜ、静香様や姫には影響がなかったのだろう」

「奪った気が男のものばかりだから、不二郎様は男同士で吸収しやすかったのだと思います」

白百合が、彼女なりに冷静に分析したように言った。

「そうか、それで夜盗どもの淫気まで貰い、何度射精しても続けて出来るようになってしまったのだな……」

「ええ、邪気も吸っているはずですが、それはもともとお優しい不二郎様ですから、冷静に抑えつけているのだろうと思われます」

「だが、いったん何かあれば、一変して凶暴になりそうで怖いです」

不二郎は、自身の中に蠢く邪気を意識して言った。

そして同時に、目の前にいる美しい白百合に、いいようのない淫気を催してしまった。

「ね、抱きたい。構いませんか」

「ええ……」

言うと、すぐにも察したように白百合が帯を解きはじめてくれた。

「黒百合は妬《や》かないかな。常に二人一緒なのに」

「大丈夫。離れていても、私が気を遣ればともにいきますし、一切の妬心《としん》は起こしません」

彼女が脱ぎながら言うので、不二郎も寝巻を脱ぎ去り全裸になっていった。

やがて一糸まとわぬ白百合が布団に仰向けになると、不二郎は彼女の足裏から舐めはじめた。

そして汗と脂に湿った指の股を嗅ぎ、両の爪先を充分にしゃぶってから股間に顔を潜り込ませていった。

五

「私と黒百合は陰と陽です。だから私のオサネは、男のようにもなります」

白百合が、股を開いて言った。

なるほど、吸い込む方の黒百合が陰で、吐き出す白百合が陽らしい。

しかし目の前の陰戸は、黒百合と同じく、可憐で艶めかしい花びらを覗かせていた。

彼は柔らかな茂みに鼻を擦りつけ、甘ったるい汗の匂いを貪り、下の方に行くにつれ入り交じる残尿臭を嗅ぎながら舌を這わせていった。

舌を陰唇の内側に這わせ、息づく膣口とオサネを舐めると、すぐにも新たな淫水がヌラヌラと溢れてきた。

彼は白百合の脚を浮かせ、白く丸い尻の谷間にも鼻を埋め込み、秘めやかな微香を嗅いでから舌先で可憐なツボミを舐め回した。

もちろん内部にもヌルッと潜り込ませて粘膜を舐め、再び陰戸に戻ってオサネに吸い付いた。

すると、いつしか小粒だったオサネがみるみる勃起してゆき、光沢を増して膨張していった。

それは鈴口の無い一物そのもので、太さと長さはほぼ親指ほどまでになった。

とびきりの美女の股間に子供のような一物が伸びているのは、何とも妖しく艶めかしい眺めだった。

不二郎はしばし眺めてから舌で弾くように舐め、含んで吸い付いた。

「アア……、いい気持ち……」

白百合は顔をのけぞらせて喘ぎ、彼の口の中で唾液にまみれた大きなオサネをヒクヒクと震わせた。

「ああ、黒百合も来ちゃった……」

と、白百合が息を弾ませて言った途端、天井の片隅から黒髪の黒百合がヒラリと飛び降り、音もなく降り立った。

陰戸に吸い込む妖術の他は、特に体術に秀でているとは聞いていないのに、やはり忍びの者だけあり、天井裏から最短距離でやって来たようだ。

双子である白百合の快感を感知し、いても立ってもいられなくなって来てしまったのだろう。

「構いませんか」

「もちろん」

不二郎が応えると、すぐにも黒百合は着物を脱ぎ、きっちり締めていた下帯まで解き放って全裸になった。

美しい双子が並んで仰向けになったので、途中で不二郎は黒百合の陰戸に移動して顔を埋め込んだ。下帯で覆われていた分、蒸れた匂いが濃く籠もり、汗とゆばりの匂いが何とも悩ましく鼻腔を掻き回した。

舌を這わせると、黒百合もすぐに熱い淫水を漏らしはじめた。

すると白百合が仰向けになって彼の股間に顔を潜り込ませ、下から一物にしゃぶり付いてくれたのだ。

不二郎は美女の舌に翻弄され、熱い息を股間に籠もらせながら激しく勃起し、唾液にまみれながら必死に黒百合の陰戸を舐めた。

やがて白百合がスポンと口を引き離すと、もう我慢できず、不二郎は身を起こし、まずは黒百合の股間に一物を迫らせていった。

先端を押しつけ、ゆっくり挿入していくと、

「アア……」

黒百合がうっとりと身を反らせ、深々と受け入れていった。

不二郎は、心地よい肉襞の摩擦と温もりを味わいながら根元まで押し込み、股間を密着させて屈み込んだ。そして左右の乳首を交互に吸い、甘ったるい汗の匂いに噎せ返った。

すると白百合は、本手(正常位)で交わっている不二郎の後ろから尻を舐めてくれ、ヌルッと舌を潜り込ませてきた。

「く……」

不二郎はゾクゾクする感覚に呻き、内部から操られた一物が、黒百合の内部でヒクヒクと上下に震えた。

やがて白百合は舌を引き抜いて身を起こすと、今度は彼の肛門に、大きなオサネを押し当て、挿入してきたのだった。

「あう……」

不二郎は呻き、キュッと白百合のオサネを締め付けた。

本物の肉棒と違い、親指が入ったぐらいだから痛くはなく、むしろ妖しい快感が新鮮に湧き上がった。

双子の美女に犯し犯され、不二郎が腰を遣うと、後ろから白百合も前後させて微妙に摩擦してきた。

そして上から黒百合に唇を重ね、甘酸っぱい息を嗅ぎながら舌をからめると、白百合も肩越しにかぐわしい息を弾ませながら彼の耳を舐めてくれた。

二人分の重みを受けても黒百合は平気らしく、下から彼にしがみつきながらズンズンと股間を突き上げてきた。

不二郎も、上から下から美女たちに挟まれながら次第に激しく腰を突き動かして高まった。

「ああ……、何て気持ちいい……」

不二郎は、男女両方の快楽をいっぺんに得たような心地で喘いだ。

「いい気持ち……、いきそう……」

「私も……」

下の黒百合と背後の白百合も熱く喘ぎ、まるで三人が一つになったように同時に高まっていった。

たちまち不二郎は絶頂を迫らせ、股間をぶつけるように突き動かして絶頂に向かった。後ろの白百合も、彼の動きを損なわぬよう巧みに緩急をつけて律動し、彼の肛門をオサネで摩擦していた。

「い、いく……、アアッ……！」

やがて不二郎が大きな絶頂の快感に貫かれて口走り、ありったけの精汁を勢いよく内部に放つと、

「ああ、熱い……、ああーッ……！」

黒百合も噴出を受け止めて気を遣った。さらに後ろの白百合も、

「いく……、あうう……！」

オサネの摩擦だけで激しく気を遣り、呻きながら腰を遣い続けた。

不二郎は快感に身悶え、白百合のオサネを肛門でキュッキュッと締め付けながら、最後の一滴まで黒百合の中に出し尽くした。

そしてすっかり満足しながら動きを弱めていくと、背後の白百合もぐったりと彼にもたれかかり、肩越しに甘酸っぱい息を弾ませてのしかかった。黒百合も満足げに四肢を投げ出し、膣内を収縮させて喘いだ。

不二郎は、前と後ろから吐きかけられる果実臭の息に酔いしれながら、うっとりと快感の余韻を味わった。

やがて呼吸を整えながら股間を引き離すと、後ろの白百合もオサネを引き抜いてくれ、彼は黒百合に添い寝して仰向けになった。すると白百合も横になり、二人で彼を挟んでくれた。

「ああ、良かった……、やっぱり私たちは三人がいいわね……」

黒百合も、すっかり元気を取り戻したように言い、身を起こして彼の濡れた一物をしゃぶってくれた。

すると白百合も半身を起こし、一緒になって舐め回してきた。

「ああ……」

不二郎も喘ぎ、最初は過敏に反応していたが、さすがに二人の舌の愛撫は巧みで、すぐにもムクムクと回復してきてしまった。

「今度は私……」

白百合が言って身を起こし、一物に跨がってきた。

すでに、彼女のオサネは通常の大きさに戻っていた。

彼女は先端を陰戸にあてがい、ゆっくり腰を沈み込ませてきた。

「アアッ……、いい……」

白百合が白く長い髪を乱して顔をのけぞらせ、喘ぎながら根元まで受け入れていった。

一物は肉襞の摩擦を受け、キュッときつく締め上げられた。

すぐにも白百合が身を重ねてきたので、不二郎が下から抱き留めると、もちろん横からは黒百合も密着してきた。

三人で唇を合わせ、舌をからめると、不二郎はすぐにも高まり、混じり合った唾液で喉を潤し、甘酸っぱい息の匂いに酔いしれながらズンズンと股間を突き上げはじめた。

「ンンッ……！」

白百合が、熱く呻きながら彼の舌にチュッと強く吸い付いてきた。オサネで気を遣ったばかりなのに、今は膣感覚で果てようとしていた。

不二郎も、淫水にまみれた一物を出し入れさせるように動かし続け、二人分の温もりと匂いを味わいながら、二度目の絶頂を迎えてしまった。

「く……！」

突き上がる快感に呻き、二度目とも思えぬ量の精汁をほとばしらせると、

「あう……、いく……！」

噴出を感じた白百合も呻き、ガクンガクンと狂おしい痙攣を開始した。

不二郎は心置きなく快感を味わい、最後の一滴まで出し尽くしてから徐々に動きを弱めていった。

「アア……」

白百合も声を洩らし、グッタリともたれかかってきた。

不二郎は二人の混じり合った息を嗅ぎながら余韻を嚙み締め、いつまでも彼女の内部でヒクヒクと幹を震わせていたのだった。

第四章　陰戸くらべ

一

（緋冴《ひさえ》って、誰なんだ一体……？）

翌朝、目を覚ました不二郎は半身起こしながら、いま見た鮮明な夢を思い起こしていた。

緋冴という、三十前後の凄みのある美女が夢に出てきたのだ。その名と、字までが脳裏に焼き付けられていた。濃い眉と目が突き上がり、恐らく静香以上の筋肉が窺えるほどの体軀の持ち主だった。

しかも彼女は、長い赤毛を後ろで束ねていた。

その顔を見たときに、畏怖のようなものを感じたので、あるいは黒百合が吸い込んだ山賊たちの首領かも知れない、と不二郎は思った。

してみると、まだ本隊がどこかにいて、山を伝って襲ってくる可能性がないとは言えない。

もう間もなく、五月雨に備えた治水工事も終了して、多くの藩士たちが帰ってくるだろう。襲ってくるなら、その前に違いなかった。

不二郎は着替えて部屋を出ると、厠を済ませてから井戸端で顔を洗い、大台所へ行って朝餉を終えた。

静香に相談したかったが、下級藩士が家老の娘を訪ねるわけにいかない。

彼女ならすぐ藩校に来るだろうと、不二郎は一足先に陣屋敷を出て、藩校へと足を運んだ。

そして書物に目を通して待っているうち、道場の方に人の気配があった。

まだ稽古の刻限ではないが、覗いてみると、やはり静香が一人で来て稽古着に着替えようとしていた。

「静香様、お話が」

声を掛けると、彼女はビクリと身じろいだ。

「お、お前などと話したくない……」

静香は、最も得意な剣術で負けたことがよほど衝撃だったらしく、拗ねたように答えてそっぽを向いた。

「私が急に強くなったのは、恐らく仙界で百合の力を貰ったからです」

「なに……?」

言うと、静香も興味を示したので、不二郎も説明した。

「なるほど……、山賊たちの力が、百合に蓄えられていたのか……。確かに、中には手練れもいたろうが、吐き出されたときは赤子同然。それらの力を合わせれば、かなりのものになるだろう」

さすがに静香も理解が早かった。また、そうでなければ自分が負けるわけがないと思ったのだろう。

「なぜ、お前だけに力が……」

「山賊たちと同じ男だったから、吸収しやすかったのかも知れません。それより山賊の本隊が、また襲ってくるやも知れません」

不二郎は、夢に見た女首領の話をした。

「そうか……、確かに、あれだけの数が全てとは思えぬ」

「物見を立てて、備えを強化しなければなりません」

「分かった。では今日の稽古は止めにし、皆が集まったところで策を練り、父に相談した上で采配しようと思う」

静香は言い、急に熱っぽい眼差しになって不二郎を見つめた。

しかも、彼女は着替えようとして裁着袴を脱いだところである。

「頼もしい……。仙界で交わったのは夢のようなものだ。ここで、もう一度抱いてほしい……」

静香は囁くように言い、帯を解いて着物も脱ぎはじめてしまった。

女子の門弟たちが来るまでには、まだ半刻（約一時間）近くあろう。

もちろん不二郎も淫気を催し、すぐにも袴と着物を脱ぎ、下帯まで解いて全裸になってしまった。

やがて一糸まとわぬ姿になった静香が、自分の着物と襦袢を畳の上に敷き、仰向けになった。

彼も添い寝し、色づいた乳首にチュッと吸い付きながら、もう片方の膨らみに手を這わせた。

「アア……」

静香がビクッと反応し、すぐにも熱い喘ぎ声を洩らして悶えはじめた。

やはり仙界から戻り、淫気を持て余して不二郎と交わりたかったのだろう。

それに、自分にとって最も神聖な道場の控えの間で行なうという禁断の興奮もあるようだった。

不二郎は上からのしかかるようにし、もう片方の乳首も含み、吸い付きながら充分に舌で転がした。まだ稽古前だが、静香の胸元や腋からは、生ぬるく甘ったるい汗の匂いが馥郁と漂ってきた。

両の乳首を充分に愛撫してから、彼は静香の腋の下に顔を埋め込み、腋毛に鼻を擦りつけて濃厚な体臭を嗅いだ。

「ああ……、嗅がないで、恥ずかしい……」

静香が、羞恥に身悶えながら喘いだ。

仙界で不二郎を知ってから、すっかり女らしい一面も覗かせるようになっているようだ。

不二郎は充分に汗の匂いを吸収してから脇腹を舐め下り、引き締まった腹部にも舌を這わせて臍を舐め、張り詰めた下腹から腰、逞しい太腿へと這い降りていった。

体毛の舌触りの新鮮な脛を舐め下り、足裏にも舌を這わせ、指の股に鼻を割り込ませて嗅ぐと、そこは今日も汗と脂にジットリ湿り、蒸れた匂いが濃く沁み付いていた。

爪先をしゃぶり、順々にヌルッと指の間に舌を割り込ませ、両足とも存分に貪り尽くした。

「ああ……、駄目、そのようなこと……」

静香がしおらしく声を震わせて言い、クネクネと腰を動かした。

不二郎は彼女の脚の内側を舐め上げながら腹這いになり、顔を股間へと進めていった。

張り詰めた内腿を舐め上げると、股間から発する熱気と湿り気が、悩ましい匂いを含んで彼を誘っていた。

見ると割れ目からはみ出した陰唇は興奮に色づき、間からはヌラヌラと大量の淫水が溢れはじめていた。

恥毛に顔を埋め込み、柔らかな感触を味わいながら嗅ぐと、隅々に籠もる汗とゆばりの匂いが悩ましく鼻腔を掻き回してきた。

「いい匂い……」

「アア……、言わないで……」

思わず股間から言うと、静香は激しい羞恥に喘ぎ、内腿でキュッときつく彼の顔を挟み付けてきた。

舌を差し入れると、ヌルッとした淡い酸味のヌメリが迎え、彼は息づく膣口の襞から大きめのオサネまでゆっくり舐め上げていった。

「あうう……、気持ちいい……」

静香は顔をのけぞらせて喘ぎ、さらなる刺激を求めるように股間を突き出してきた。

不二郎は舌先で弾くようにオサネを舐め回してから、彼女の脚を浮かせ、引き締まった尻の谷間にも鼻を埋め込んでいった。可憐なツボミに籠もる秘めやかな微香を嗅ぎ、細かに震える襞を舐め回し、内部にもヌルッと押し込んで粘膜を味わった。

「く……、駄目、そこは……」

静香が呻き、キュッと肛門で彼の舌先を締め付けてきた。

やがて充分に舐めてから不二郎は舌を引き抜き、新たな淫蜜を舐め取りながら再びオサネに吸い付いていった。

「あぁッ……、駄目よ、気を遣りそう、待って……！」

静香が切羽詰まった声を出し、不二郎の顔を股間から追い出して身を起こしてきた。まだ一つになっていないのに、早々と果てて済んでしまうのを惜しんだのだろう。

不二郎も素直に陰戸から離れて仰向けになると、今度は静香が彼の股間に屈み込んできた。

先端にヌラヌラと舌が這い、彼女は慈しむように幹を舐め下り、ふぐりにもしゃぶり付いてくれた。充分に袋を舐め、睾丸を転がしてから再び肉棒の裏筋を舐め上げ、今度は丸く開いた口でスッポリと呑み込んでいった。

熱い鼻息が恥毛をくすぐり、温かく濡れた口の中に根元までが収まった。

「アア……」

彼女はクチュクチュと内部で舌をからみつかせ、不二郎も快感に喘ぎ、唾液にまみれた一物をヒクヒクと震わせた。

もちろん彼女は口で果てさせる気はなく、何度か顔を上下させスポスポと濡れた唇で摩擦して充分に唾液に濡らしてから、スポンと口を離した。

すぐにも身を起こして、自分から彼の股間に跨がり、先端を陰戸にあてがい息を詰めてゆっくりと座り込んできた。

たちまち屹立した肉棒が、ヌルヌルッと滑らかな肉襞の摩擦を受けながら根元まで呑み込まれていった。

不二郎は熱く濡れた柔肉にキュッと締め付けられ、股間に美女の重みと温もりを感じながら快感を噛み締めた。

静香も何度か、密着した股間をグリグリと擦りつけ、引き締まった腹の筋肉を躍動させてから身を重ねてきた。

二

「あぁッ……、き、気持ちいいッ……！」

静香が熱く喘ぎながら口走り、不二郎も下から抱き留めながら股間を突き上げはじめた。

彼女も腰を遣いながら歓喜に身を震わせ、屈み込んで彼の乳首にも舌を這わせてきた。

「アア……、噛んで下さいませ……」

思わず不二郎が言うと、静香も熱い息で肌をくすぐりながら、頑丈な歯並びでギュッと乳首に嚙みついてきた。

「い……、痛い、強すぎます、静香様……」

「嫌よ、もう止まらないわ。思い切り食べてしまう……」

不二郎が甘美な痛みに身悶えて言うと、静香は目をキラキラさせて彼を見下ろして答え、さらに強い力で両の乳首を交互に嚙んだ。

「あうう……」

不二郎も痛みと快感に呻きながら、美女の歯の刺激に悶えた。

もちろん静香も、血が出るほど嚙むわけではなく、適度に歯を立てては舌で癒すように舐め、あるいは音を立てて吸い付き、緩急をつけた愛撫を繰り返してくれた。

そして不二郎が次第に激しく股間を突き上げると、静香も本格的に応え、互いの動きが完全に一致した。大量の淫水が律動を滑らかにさせ、ピチャクチャと湿った摩擦音も淫らに響き渡った。

「アア……、恥ずかしい音……」

静香が息を弾ませて言い、さらに彼の首筋を舐め上げ、キュッと耳朶に嚙みついてきた。

「ああ、もっと……」

不二郎も喘ぎながら高まり、濡れた肉襞の摩擦に絶頂を迫らせていった。

静香は舌先を耳の穴にも差し入れて、クチュクチュと蠢かせた。

不二郎が顔を向けて唇を求めると、彼女も上からピッタリと重ね、ヌルリと長い舌を潜り込ませてくれた。

今日も静香の口は甘い花粉臭の刺激を濃厚に漂わせ、不二郎はうっとり酔いしれながら舌をからめ、滴る唾液を味わった。

「もっと唾を……」

囁くと、静香も懸命に唾液を分泌させ、大量にトロトロと注ぎ込んでくれた。

不二郎はネットリとした小泡混じりの粘液を味わい、飲み込んで心地よく喉を潤した。

「顔中にも……」

言うと静香も厭わず、長い舌で彼の鼻の穴や頬を舐め回し、惜しみなくかぐわしい息を嗅がせてくれた。たちまち彼の顔中は、生温かく清らかな唾液でヌラヌラとまみれた。

とうとう不二郎も絶頂に達してしまい、股間を突き上げながら熱い大量の精汁をほとばしらせた。

「く……！」

大きな快感を味わって呻くと、

「い、いく……、あぁーッ……！」

噴出を感じた途端、静香も声を上ずらせて気を遣り、ガクンガクンと狂おしい痙攣を繰り返した。

不二郎は溶けてしまいそうな快感に包まれながら、心置きなく最後の一滴まで出し尽くした。やはり夢のような仙境と違い、現実の世界で交わるのはまた格別だった。

それは静香も同じようで、何度も何度も絶頂の波が押し寄せてきているように身悶え、膣内を収縮させていた。

「アア……、死ぬ……」

静香は息も絶えだえになって口走り、やがて不二郎が満足しながら動きを弱めていくと、彼女も次第にグッタリとなり彼に体重を預けてきた。

不二郎は彼女の重みと温もりを受け止め、熱く甘い息を嗅ぎながら、うっとりと快感の余韻を味わった。そして、まだ収縮する膣内で幹を過敏に反応させ、ピ

クンと震わせるたび、

「あう……」

静香も駄目押しの快感を得たように熱く呻き、さらにキュッときつく締め付けてきた。

あとは互いに力を抜いたまま重なり、荒い呼吸を繰り返した。

「気持ち良かった……、とっても……」

静香が息を震わせて言い、いつまでも一つになったまま、溶けて混じり合ってしまいそうな時を過ごしたのだった……。


——集まった稽古着姿の女子門弟、十数人を前に、すっかり身繕いして落ち着きを取り戻した静香が、凜とした声で状況の説明をした。

もちろん不二郎も、静香の隣に端座し、説明を補足した。

「分かりました。では、今度は前のような不意打ちではなく、迎え撃つ形になるのですね。腕が鳴ります」

門弟の一人が言い、他のものも力強く頷いた。

当藩は勇猛な気質が好まれ、まして今は大部分の男が不在の折だから、なおさら女たちの意気は上がった。

「くれぐれも油断なきよう、特に夜半の見張りも充分に」

静香が言うと、また一同は頷いた。

やがて不二郎は立ち上がった。

「では私は、物見小屋の様子を見て参ります」

「分かりました。では私は、父に報告してきます。香苗《かなえ》、里美《さとみ》、二人は辺見殿に同行して」

「はい！」

呼ばれた二人が、歓喜に顔を輝かせて返事をして立ち上がった。

不二郎は竹筒に水を用意し、大小を腰に藩校を出た。香苗と里美の二人は、稽古着に袴姿、手には本身の薙刀を持った。

物見小屋というのは、領内の裏手にある小高い丘の上にあり、他国との境で、山越えをするための獣道もあるため、もし賊が来るならそこを通るであろうと思われる場所だった。

香苗と里美は、どちらも十七、八。静香に憧れて真似しているのか、髪を結わず長い髪を後ろで束ねただけだ。

二人とも愛くるしい顔立ちをし、山を登りはじめると草いきれに混じり、何とも甘ったるく可愛らしい汗の匂いが漂ってきた。

それでも、さして大変な山道ではなく、半刻（約一時間）足らずで山の中腹にある小屋に着いた。

不二郎は、小屋から藩邸や陣屋敷に巡らされた鳴子《なるこ》を確認してから、周囲の様子も視察した。

「あそこから降りてくるのはよく見える。弓も用意しておいた方が良いな」

不二郎が、尾根を見上げて言うと、二人も頷いた。

さらに小屋の周りを歩き、賊が来そうな方向を何カ所か定め、そこにも鳴子の紐を巡らせるよう取り決めた。

やがて、三人で小屋の中に入った。

框《かまち》を上がると囲炉裏があり、茣蓙《ござ》と仮眠用の布団もあった。

寒い季節ではないが、五月雨が長引くことを考え、しっかりと多めの薪も用意されていた。

「蓄えは充分だな。よし、では少し休もう」

不二郎が言い、刀を置いて座ると、二人も薙刀を立てかけて腰を下ろしてきた。

「いつ頃来るでしょうか」

「先日襲ってきた仲間が帰ってこないからな、様子見もあるだろうし、そう遠いことではなかろう。今夜でもおかしくないし、梅雨入り前に確保して移動したいだろうから、どちらにしろ二日三日のうちだ」

言うと、二人は武者震いするように頬を引き締めた。

「私も里美も、治水工事が終わって皆が帰ってきたら、祝言を挙げることになっているのです」

香苗が言った。彼女は目が大きく、ぽっちゃりした美少女だ。里美はやや大人っぽい顔立ちの美形で、どちらも健康的にムチムチと張りのある肌をして、実に汗っかきのようだった。

「そう、それは目出度《めでた》い」

「でも、少し怖いです。最初は痛いと言うから」

「ああ、すぐ慣れるだろう」

際どい話題になったが、許嫁《いいなずけ》のいる美少女たちには気がかりなことらしい。

「辺見様は、されたことあるのですか？」

「ないけれど、書物で読んだから何でも知っている」

「春本も?」

「ああ、もちろん。何事も勉強のためだからな」

「どんなことが書かれていますか?」

「春本は町人が読むものだ。武家は、とにかく夫の言いなりになっていればいいだけだ」

「町人は、することが違うのですか?」

「ああ、男が女の陰戸を舐めたりして、たいそう気持ち良くしてやるらしい」

「まあ……!」

二人は驚いたように声を上げて肩をすくめ、さらに甘ったるい匂いを生ぬるく小屋の中に籠もらせ、不二郎もいつしか激しく勃起してしまった。

三

「陰戸を舐めるって、ゆばりを放つところですよ……」

「そんなことされたら、恥ずかしくて死にます……」

二人は身を寄せ合い、声を震わせて言った。しかし眼差しは好奇心にキラキラしていた。

「男は、誰でも陰戸を舐めてみたくなるものだよ。ただ武家の建前があるから控えるだろうが、内心ではしたいものだ。それに、舐められると女も気持ち良くなるからね」

「そ、それは、気持ち良いかも知れないけれど……」

不二郎の言葉に、二人は思わず顔を見合わせ、きっちりと両膝を掻き合わせていた。

「辺見様も、内心では舐めてみたいのですか?」

「ああ、もちろん。もししてほしければ、誰にも内緒で二人を舐めてあげる」

「まあ……!」

また二人は息を呑み、肩を縮めて身を寄せ合った。

「藩校では無理だからね、ここなら三人だけの秘密だ」

言うと、激しく二人は動揺してきたようだ。

「旦那様は、そういうことをする方かしら……」

「多分しないだろう。当藩の男は、みな朴訥で生真面目だ。試してみるなら、今ここでしてみるしかないだろうね」

不二郎は、すっかりその気になって言った。ここなら誰も来ないし、日が傾く頃に藩校に戻っても、誰も怪しまないだろう。

「本当に、嫌じゃないんですか。お風呂上がりでもないし、山を歩いて汗をかいているし、ゆばり臭いかも……」

香苗が、だいぶ気持ちが傾いてきたように恐る恐る言った。

「もちろん嫌じゃないさ。男は、女のナマの匂いが好きなんだよ」

言うと、二人は顔を見合わせて頷き合った。

「里美、してもらう？」

「ええ、先に香苗がしてもらうのなら、あとから」

「必ずよ……」

二人は念を押し合い、不二郎に向き直った。

「じゃ、お願いしていいですか。私たちも山賊との戦いで命を落とし、婚儀が叶わぬかも知れず、それでは心残りですので」

「ああ、そんな心配は要らない。私と静香様がいれば、他の誰一人傷つくような仕儀にはならない。じゃ、とにかく二人して脱いで仰向けになるといい。順々に舐めて、うんと気持ち良くしてあげる」

不二郎は言って上がり込み、畳まれていた布団を敷き延べた。

するとニ人も、どうやら以前から仲良しで、際どい話題も多く交わしていたらしく、決めたとなると躊躇《ためら》いなく袴の前紐を解きはじめた。

「ぜ、全部ですか……」

「うん、お乳も舐めたいからね」

不二郎の言葉に、また二人はヒッと息を呑みながらも、とうとう袴を脱ぎ、刺し子の稽古着も脱ぎ去ってしまった。

二人とも羞恥心は激しいが、どちらかと言えば香苗の方が好奇心が旺盛らしく、里美の方は彼女に従うといった風情だった。

そして一糸まとわぬ姿になると、並んで仰向けになった。

不二郎も袴と着物を脱ぎ、下帯も手早く解き去り、二人と同じ全裸になって迫った。

もちろん五感も研ぎ澄まし、山賊でも来ぬかという注意も怠らなかった。百合が十人分の力を吸っていたなら、不二郎の五感も常人の十倍である。

「では、まず足から」

「え……？　あん……！」

不二郎が言って、最初に香苗の足裏に舌を這わせると、彼女はたいそう驚いて身を強ばらせた。

「そ、そんな、犬のようなことを……、アア……！」

舐められて、たちまち香苗は喘ぎながら力が抜けてしまったようだ。

山歩きをしたため、多少指は土に汚れていたが、指の股は汗と脂にジットリ湿り、ムレムレになった芳香が実に濃く沁み付いていた。

不二郎は構わず、順々に指の間に舌を割り込ませ、両足とも味わい、隣の里美の足も同じようにしゃぶり尽くしてしまった。

「あぁッ……！　く、くすぐったいわ……」

里美もクネクネと身悶えて声を震わせた。

舐め尽くすと、不二郎は香苗の足に戻り、脚の内側を舐め上げ、ムッチリとした内腿に頬ずりした。

白くきめ細かな内腿は実に健康的に、ムチムチとした弾力を秘めていた。

そして大股開きにさせると、

「アア……、は、恥ずかしいわ……」

香苗がビクッと顔をのけぞらせて喘ぎ、ヒクヒクと白い下腹を波打たせた。

ぷっくりした丘には、ほんのひとつまみほどの若草が楚々と煙り、割れ目も縦線があるきり、僅かに桃色の花びらがはみ出していた。

そっと指を当てて陰唇を広げると、それでも淫水が溢れ、クチュッと微かに湿った音がして中身が丸見えになった。

無垢な膣口は花弁状の襞を入り組ませて息づき、オサネも包皮の下から小さく顔を覗かせていた。

もう堪らず、不二郎は香苗の股間にギュッと顔を埋め込み、柔らかな恥毛に籠もる汗とゆばりの匂いを貪った。

「いい匂い……」

「あん、嘘……！」

思わず言うと香苗が声を震わせ、内腿でキュッときつく彼の顔を締め付けてきた。不二郎はもがく腰を抱え、舌を這わせていった。

「まあ、本当に舐めているわ……」

そんな様子を、隣から里美が覗き込んで呟いた。

不二郎は舌先で生娘の膣口を舐め回し、淡い酸味の蜜汁をすすった。そしてオサネまで舐め上げていくと、

「あぁッ……、き、気持ちいい……！」

香苗が身を弓なりに反らせて喘ぎ、ガクガクと腰を跳ね上げて反応した。

さらに彼は足を浮かせ、可愛らしい尻の谷間にも鼻を埋め込み、薄桃色のツボミに籠もった匂いを嗅ぎ、舌を這わせて潜り込ませた。

「あう……！」

香苗は驚いたように呻き、モグモグと肛門で舌先を締め付けてきた。

やがて彼は、香苗の前も後ろも存分に舐め回し、彼女もすっかり朦朧となり、夢見心地で力を抜いてしまった。

不二郎は里美の股間に移動し、やはり楚々《そそ》とした若草の丘に鼻を埋め込み、甘ったるい汗の匂いと刺激的な残尿臭を嗅ぎ、舌を這わせていった。

膣口の襞は綺麗に入り組んでいたが、オサネは香苗よりやや大きめだった。

ヌメリも多く、膣口からオサネまで舐め上げると、

「アアッ……、すごい……」

里美は激しく声を上ずらせ、内腿できつく彼の両頬を締め付けてきた。

不二郎はオサネをチロチロと弾くように舐めてから、同じように腰を浮かせ、尻の谷間に鼻を押しつけた。

やはり秘めやかな微香が籠もり、不二郎は充分に嗅いでから舌を這わせ、ヌルッと潜り込ませて粘膜も味わった。

そして再びオサネに戻って執拗に舐めると、

「も、もう堪忍……」

あまりの快感に恐ろしくなったように、里美が嫌々をして言った。

不二郎も舌を引っ込め、のしかかるようにして二人の臍を舐め、可愛い薄桃色の乳首も順々に吸い付き、舌で転がしていった。

「ああ……、くすぐったいわ……」

香苗が身悶えて喘ぎ、二人とも甘ったるい濃厚な汗の匂いを揺らめかせた。

不二郎は全ての乳首を味わってから、それぞれの腋の下にも顔を埋め、汗に湿った和毛に鼻を擦りつけ、悩ましい体臭に噎せ返った。

やがて二人の美少女の全身を味わい尽くすと、不二郎は真ん中に仰向けになっていった。

すると二人も息を弾ませながら、不二郎から言われる前に自分たちから半身を起こし、熱い視線を屹立した肉棒に注いできた。

「これが男のもの……、おかしな形……」

「でも大きいわ。入るのかしら……」

口々に囁き合い、いくらもためらわず二人は指を這わせてきた。

「ああ……、気持ちいいよ……」

不二郎が受け身になって言うと、二人の愛撫にも熱が入りはじめた。

張りつめた亀頭を撫で、鈴口から滲む粘液を指の腹で拭い、幹にも触れ、果てはふぐりをつまんで持ち上げ、肛門の方まで覗き込んできた。

無垢な視線と吐息に、最大限に膨張した肉棒はヒクヒクと震えた。

「動いてるわ……、別の生き物みたいに……」

「ね、少しでいいからしゃぶって……」

不二郎が言うと、二人は顔を見合わせてから頷き、同時に舌を伸ばして触れてくれた。味見するように交互に鈴口を舐め、亀頭にしゃぶり付き、幹を舐め下りて、ふぐりも舐め回しはじめた。

四

「ああ……、すごくいい……、もっと……」

不二郎が息を弾ませて言うと、二人は代わる代わる亀頭を含んで吸い付き、クチュクチュと舌をからめてはチュパッと引き抜いて交代した。

たちまち一物は美少女たちの清らかな唾液にまみれ、すっかり快感に高まってしまった。

「どうする。入れて試してみる？　それとも、婚儀まで待つかな」

「ここまでしたのだし、どうせ内緒のことなのだから、してみます……」

訊くと、香苗が答えて里美も頷いた。

「では、上から跨いで。自分で入れた方が加減が出来るから」

言うと、二人は身を起こし、先に香苗から恐る恐る跨がってきた。

そっと幹に指を添え、二人の唾液にまみれた先端に股間を押し当て、ゆっくり腰を沈み込ませた。

張りつめた亀頭がヌルリと潜り込むと、

「あん……」

香苗が小さく声を洩らし、それを里美が息を詰めて覗き込んでいた。

やがてヌメリと重みに任せ、彼女はヌルヌルッと滑らかに一物を根元まで受け入れ、ぺたりと座り込んできた。

「く……」

香苗は眉をひそめて呻き、顔をのけぞらせたまま肌を強ばらせた。

さすがにきつく、不二郎も肉襞の摩擦と締まりの良さを嚙み締め、熱く濡れた柔肉の感触を味わった。

「い、いたた……、やっぱり、動くのは無理だわ……」

「いいよ、無理しなくても」

香苗が顔をしかめて言うので、不二郎も動かずに答えた。

「もう駄目……」

やがて香苗は彼の胸に両手を突き、再びゆっくりと腰を浮かせていった。

ヌルッと引き離れると、彼女もほっとしたように横になった。僅かの間だから出血はなかっただろうし、これで挿入したのだから初体験をし、彼も初物を奪ったのだから満足だった。

しかし里美は、香苗の痛そうな様子を見ても物怖じする様子はなく、続けて跨がってきた。

同じように幹に指を添えて先端を無垢な膣口に押し当て、位置を定めてゆっくり座り込んできた。

再び肉棒は、微妙に温もりと感触の違う膣内に滑らかに呑み込まれていった。

もちろん、こちらもきつい締まりの良さがあり、やがて彼女は股間を密着させせて座り込んだ。

「アア……、痛いけれど、平気……」

里美は喘ぎながら小さく言い、異物を味わうようにキュッキュッと膣内を収縮させてきた。

不二郎も、立て続けに生娘と交わって温もりと感触を味わい、里美は大丈夫なようなので、そのまま抱き寄せた。

里美もされるままに身を重ね、不二郎が僅かに両膝を立てながら、小刻みに股間を突き上げても拒まなかった。やはり同じ無垢でも、受け止める感触には個人差があるのだろう。

顔を引き寄せ、下から唇を重ねた。

「ンン……」

ぷっくりして柔らかな唇が密着すると、里美は小さく呻き、何ともかぐわしい甘酸っぱい息を弾ませて呻いた。

舌を差し入れ、滑らかな歯並びを舐め、歯茎まで執拗に味わうと、彼女も歯を開いて舌先を触れ合わせてきた。そのままネットリとからみつけ、生温かな唾液に濡れて滑らかに蠢く舌を味わった。

強くズンと突き上げるたび、里美は反射的にチュッと強く彼の舌に吸い付いてきた。

さらに不二郎は、隣で添い寝して様子を窺っている香苗の顔も引き寄せ、そちらにも唇を重ねた。舌をからめると、香苗もチロチロと舌を蠢かせ、同じように可愛らしい果実臭の息を弾ませた。

果ては二人一緒に顔を寄せさせ、三人で舌を絡め合った。

美少女二人も、女同士の舌が触れ合っても気にならないかのように蠢かせ、熱く湿り気ある息を混じらせながら、競い合うように彼の舌を舐めてくれた。

「いっぱい、唾を飲ませて……」

言うと、香苗が愛らしい唇をすぼめ、グジュグジュと白っぽく小泡の多い唾液を大量に吐き出してくれ、里美もすぐ同じようにトロトロと生温かな唾液を垂らしてきた。

不二郎は二人の唾液を受け止め、混じり合ったそれを味わってから、うっとりと飲み込んだ。

「顔中も舐めて……」

不二郎が酔いしれながら言うと、香苗も里美も可愛い舌を這わせ、ヌラヌラと彼の両の鼻の穴を舐め回し、鼻筋から頬、瞼から額までネットリと唾液にまみれさせてくれた。

さらに二人は申し合わせたように、彼の左右の耳の穴まで舐めてくれたから、聞こえるのはクチュクチュという舌の蠢きだけで、何やら頭の中まで美少女たちに舐められているようだった。

次第に彼は股間の突き上げを激しくさせ、里美も多くの淫水を漏らして良く応えてくれた。

不二郎は下から二人を抱きすくめながら、肉襞の摩擦で急激に高まった。

「い、いく……、アアッ……！」

たちまち絶頂に達し、彼は快感に貫かれながら気遣いも忘れ、ズンズンと激しく突き上げてしまった。同時に、ありったけの熱い精汁を勢いよくほとばしらせると、さらにヌラヌラと律動が滑らかになった。

「ああン……、熱いわ……」

里美も噴出を感じたように声を洩らし、飲み込むようにキュッキュッと狭い膣内をさらに締め付けてきた。

やがて不二郎は心置きなく最後の一滴まで出し尽くし、徐々に動きを弱めていった。そして二人の美少女の、甘酸っぱい口の匂いを間近に嗅ぎながら、うっとりと余韻に浸った。

彼が呼吸を整える間にも、里美はグッタリしていたが、やがてノロノロと身を起こし、そっと股間を引き離した。

すると香苗が介抱してやり、懐紙で陰戸を拭ってやった。

「少しだけ血が出ているわ……」

香苗は言って、里美の割れ目の処理を終え、一物に向き直った。

「これが精汁……」

言って屈み込み、鈴口から滲んでいる白濁のシズクをそっと舐めた。

「味はそんなにないわ……」

香苗は感想を述べながら、さらに亀頭を含み、二人の混じり合った体液にまみれた一物をしゃぶって綺麗にしてくれた。

「ああ……」

無邪気な舌に翻弄され、不二郎は過敏にヒクヒクと幹を震わせながら喘いだ。

やがてヌメリを舐め取ってから、香苗はさらに懐紙で包むようにして拭き清めてくれた。

ようやく不二郎が身を起こして身繕いをすると、二人も元通り稽古着と袴を身に着けた。

「情交しちゃったのね。これで大人になったみたい……」

里美が言い、香苗も頷いて奇妙な連帯感を抱いたようだった……。

——やがて日が傾く前に、いったん小屋から出て山を下りた三人は藩校に集まり、さらなる段取りをした。

伊兵衛も来ていて、談義に加わった。さらには残っている男の藩士たち——一家の当主ばかりなので年配者が多いが、それらも手分けして弓などの武器を小屋へ運び、陣屋敷周辺の守りも強化した。

いったん不二郎は陣屋敷に戻り、夕餉を済ませて侍長屋に引き上げた。

今日のところは、他の連中が物々しい警備をしているから、あるいは今夜は襲ってこないかも知れない。

不二郎は、いつでも出られるよう心の準備だけしておいて、寝巻に着替えて床を敷き延べた。

するとそこへ白百合が、何と小夜を伴って入ってきたのである。

「姫様……」

不二郎は、慌てて平伏した。

「大丈夫なのですか。このようなところへお越しになって」

「黒百合が、姫様に化けて寝所に」

白百合が言った。

どうやら小夜が、不二郎会いたさに二人に頼んだようだ。

「では、私はこれにて」

白百合は言って、すぐ出て行ってしまい、不二郎は小夜と二人きりになった。

五

「何やら、ずいぶん会わなかった気がします……」

小夜が、熱っぽい眼差しで言い、不二郎ににじり寄ってきた。彼女も、すでに寝巻姿である。

「はい、私もです。何しろ仙界での出来事は、夢でも見ているようなものでしたから」

「ね、どうかお願い。仙界でしたようなことを、今も……」

小夜が大胆に縋り付いてきたので、不二郎も抱き留めた。

本来なら畏れ多いことだが、やはり十人分ばかりの度胸を持ってしまったから主君の一人娘といえど、彼は激しい淫気を抱き、気後れすることなく唇を重ねてしまった。

「ンン……」

小夜も長い睫毛を伏せ、うっとりと声を洩らしながら身を預け、歯を開いて彼の舌の侵入を受け入れた。

不二郎は、ほんのり甘酸っぱい果実臭の息を嗅ぎながら、清らかな唾液に濡れ滑らかに蠢く舌を味わい、互いの帯を解き放っていった。

たちまち寝巻を脱ぎ去り、互いに一糸まとわぬ姿になって、不二郎は彼女を抱いたまま布団に横になった。

そして充分に舌をからめ、姫君の唾液と吐息を堪能すると、そっと口を離し、彼女の白い首筋を舐め下り、桜色の乳首にチュッと吸い付いていった。

「ああ……、いい気持ち……」

小夜が顔をのけぞらせ、熱く喘いでクネクネと身悶えた。

不二郎はツンと勃起した乳首を舌で転がし、顔中を柔らかな膨らみに押しつけた。胸元や腋からは、甘ったるく上品な匂いが漂ってきた。

もう片方の乳首にも吸い付き、充分に舐め回してから腋の下に顔を埋め、姫の体臭を貪った。

そして不二郎は仰向けになり、小夜を上にさせた。

「ここに跨がって下さいませ」

言って下腹に座らせると、ほのかに濡れはじめた陰戸がピッタリと肌に密着してきた。さらに立てた両膝に寄りかからせ、脚を伸ばさせ、足裏を顔に乗せてもらった。

「あん……、重くないか……」

小夜は言ったが、不二郎は下腹と顔に姫君の全体重を受けてうっとりと快感に包まれていた。

足裏を舐め、指の股に鼻を押しつけたが、やはり外を歩き回っていないので匂いも湿り気も実に控えめで淡いものだった。

それでも両の爪先をしゃぶり、全ての指の間を舐めてから、彼は小夜の手を握って引き寄せた。

「どうか、顔に跨がって下さい」

言うと小夜もそろそろと彼の顔に跨がり、鼻先に陰戸を迫らせてきた。

淡い若草に鼻を埋め込むと、生ぬるく甘ったるい汗の匂いと、ほんのり悩ましい残尿臭が鼻腔を刺激してきた。

舌を這わせると、すでに柔肉は淡い酸味の蜜汁にまみれ、舌先の愛撫でヒクヒクと膣口の襞が震えた。

そのままオサネまで舐め上げていくと、

「アア……、いい気持ち……」

小夜がうっとりと喘ぎ、思わずギュッと彼の顔に座り込んできた。

さらに不二郎は白く丸い尻の真下に潜り込み、顔中に双丘を受け止めながら谷間のツボミに鼻を押しつけた。

秘めやかな微香を心ゆくまで嗅いでから、舌先でチロチロと肛門を舐め、襞の震えを味わい、ヌルッと潜り込ませて粘膜も堪能した。

「く……、汚いのに……」

小夜が小さく呻き、侵入した舌先をモグモグと肛門で締め付けた。

不二郎は充分に舌を蠢かせてから、再び陰戸に戻り、新たに溢れた淫水をすすりオサネを舐め回した。

「ああ……、不二郎、入れたい……」

小夜が腰をくねらせて、大胆にせがんできた。

「その前に姫様、どうかゆばりを放って下さいませ」

「なに、なぜ……」

「どうしても、姫様のゆばりを飲んでみたいのです」

言いながら、不二郎は興奮にヒクヒクと一物を震わせた。

小夜も、躊躇《ためら》いや羞恥心よりも、不二郎を悦ばせ、早く一つになりたい一心から、すぐにも下腹に力を入れ、尿意を高めてくれた。

舐めながら待っていると、柔肉が迫り出すように盛り上がり、急に温もりと味わいが変化した。

「あ……、出る、本当に良いのだな……」

小夜がか細く言うなり、チョロチョロと弱々しい流れがほとばしり、彼の口に注がれてきた。

不二郎は嬉々として受け止め、味も匂いも分からぬうち、噎せないよう気をつけながら夢中で喉に流し込んだ。それは温かく、味わいも淡く控えめなので何の抵抗もなく喉を通過していった。

しかしいったん流れが強まったが、間もなく勢いが弱まり、あとは点々と滴るだけとなってしまった。

不二郎はシズクを舐め取りながら、あらためて姫の味と匂いを堪能した。舐めている間にも新たな蜜汁が湧き出し、舌の動きが滑らかになり、内部は淡い酸味のヌラヌラが満ちていった。

「アア……、も、もう良い……」

小夜は言って自ら股間を引き離し、移動していきなり彼の一物にしゃぶり付いてきた。

「ああ……、姫様……」

今度は不二郎が喘ぐ番だった。

小夜は喉の奥までスッポリと呑み込み、温かく濡れた口の中でクチュクチュと舌を蠢かせ、熱い息で恥毛をくすぐりながら執拗に吸い付いてくれた。

たちまち肉棒全体は、清らかな唾液に生温かくまみれた。

不二郎も急激に高まり、姫君の口の中でヒクヒクと幹を震わせて絶頂を迫らせていった。

すると小夜が察したようにチュパッと口を離し、すぐにも身を起こして跨がってきたのだ。

先端を陰戸に押し当て、息を詰めてゆっくり腰を沈み込ませ、ヌルヌルッと一物を根元まで受け入れていった。

「アアッ……、何と、良い気持ち……」

小夜は、すっかり痛みなど克服したように喘ぎ、彼の股間に座り込んで密着した股間を擦りつけた。

不二郎が抱き寄せると、彼女も身を重ね、さらに上から唇を求めてきた。

彼も姫君の唇を味わい、かぐわしい息を嗅ぎながら舌をからめ、ズンズンと小刻みに股間を突き上げはじめた。

「ンンッ……！」

小夜も熱く鼻を鳴らし、突き上げに合わせて腰を遣った。

溢れる淫水が動きを滑らかにさせ、クチュクチュと卑猥に湿った摩擦音を響かせ、彼のふぐりから内腿までネットリと濡れてきた。

たちまち不二郎は高まり、突き上げを激しくさせ、姫君の唾液と吐息を貪りながら昇り詰めてしまった。

「く……！」

突き上がる快感に呻きながら、熱い大量の精汁を勢いよくドクドクとほとばしらせると、

「ああッ……！　気持ちいいッ……！」

小夜が淫らに唾液の糸を引いて口を離し、のけぞりながら声を上ずらせた。

同時にガクンガクンと狂おしい痙攣を起こし、本格的に気を遣ってしまったようだった。

膣内の収縮も最高潮になり、不二郎は快感を嚙み締めながら最後の一滴まで出し尽くし、すっかり満足しながら徐々に動きを弱めていった。

「アア……、良かった……」

小夜も満足げに声を洩らし、硬直を解きながらグッタリと彼にもたれかかり、体重を預けてきた。

不二郎は姫君の甘酸っぱい息を胸いっぱいに嗅ぎながら、うっとりと快感の余韻に浸り込んでいった。締まる膣内でヒクヒクと幹を震わせると、彼女もキュッ

キュッと応えるように締め付けてくれた。

汗ばんだ肌を密着させて重なりながら、二人は荒い呼吸を繰り返し、溶けて混じり合うような時を過ごした。

「もう、不二郎がいないと生きてゆかれない……」

小夜が息を弾ませて囁いたが、先のことばかりは不二郎にも分からなかった。

やがて彼女も股間を引き離して添い寝してきたので、不二郎は起き上がり、懐紙で丁寧に陰戸を拭き清めてやった。

「黒百合がうまくやるので、朝までいても大丈夫……」

「そうですか。では」

不二郎は、自分も処理を終えてから添い寝し、掻巻《かいまき》を掛けて一緒に肌をくっつけながら寝たのだった。

第五章　仙界の主

一

「夜盗の方は、音沙汰がありませんね」

昼間、不二郎の部屋に桔梗がやって来て言った。

「はい、物々しい警備に気づき、恐れをなしたのかも知れません」

「もう間もなく、工事を終えた人たちが戻ってくるので、そうなれば山賊も諦めてどこかへ行ってしまうでしょう」

「ええ、もう僅かの辛抱ですね」

不二郎は答えながら、桔梗が激しい淫気を抱えてきたことを察していた。

だから彼も、立ち上がって床を敷き延べ、袴の前紐を解きはじめた。

「何を……？」

「あと半刻ほどで、藩校の方へ出向くことになっていますので、少しなら猶予が……」

「私は、そのようなつもりでは……」

「承知しております。私が、何しろ我慢できないのです。どうか、夜盗退治に命をかけますので、ほんの少しだけご褒美を下さいませ」

不二郎は言いながら全裸になり、桔梗の手を握って布団の方へ引き寄せた。

「ああ……」

桔梗も、すぐにも声を上げ裾を乱してしなだれかかってきた。そして手早く帯を解き、ぞんざいに着物を脱ぎはじめてくれた。

不二郎は、彼女が脱いでいる間にも足にしゃぶり付き、蒸れた指の股を嗅いで貪り、乱れた裾に顔を潜り込ませていった。

「アア……、何とお行儀の悪い……」

桔梗は言いながらも急いで腰巻まで脱ぎ去り、襦袢もはだけたまま仰向けになっていった。

不二郎はムッチリと滑らかな脚の内側を舐め上げ、股間に顔を迫らせた。

両膝の間に顔を割り込ませ、色白の内腿を舌でたどって陰戸に目を凝らすと、すでにはみ出した陰唇が興奮に色づき、潤いはじめていた。

指で陰唇を広げると、膣口の襞には白っぽい粘液がまつわりつき、オサネも光沢を放ってツンと突き立っていた。

顔を埋め込み、柔らかな茂みに鼻を擦りつけ、汗とゆばりの匂いを充分に嗅いでから舌を這わせていった。

「ああ……、気持ちいい……」

桔梗もうっとりと喘ぎ、量感ある内腿で彼の顔を締め付けながらヒクヒクと下腹を波打たせて悶えた。

不二郎は美女の体臭に噎せ返りながら、淡い酸味のヌメリをすすり、息づく膣口からオサネまでゆっくり舐め上げていった。

「あう……、そこ、もっと……、嚙んで……」

桔梗が感極まったように呻き、クネクネと腰をよじらせてせがんだ。

不二郎も上の歯で包皮を剝き、完全に露出した突起をそっと前歯で挟み、舌先でチロチロと弾くように舐めて吸い付いた。

「アア……、それ、いい……、もっと強く……」

桔梗が狂おしく身悶えながら口走り、不二郎もオサネを充分に刺激してから尻の谷間に顔を埋め込み、薄桃色のツボミに籠もる秘めやかな微香を嗅いだ。

舌先で襞の震える肛門を舐め回し、内部にも入れて滑らかな粘膜を味わってから、彼は再びオサネに戻った。

そして左手の人差し指を唾液に濡れた肛門に浅くズブリと潜り込ませ、右手の二本の指を膣内に差し入れ、クチュクチュと内壁を擦ったり、天井を圧迫しながらオサネを吸った。

「あうう……、駄目、変になりそう、もう堪忍……、アアーッ……!」

桔梗は、三カ所を同時に攻められて喘いだ。不二郎も、姫君などには決して出来ない激しい愛撫を桔梗に施した。

「い、いく……、ああッ……!」

とうとう桔梗が気を遣ってしまい、反り返って硬直し、しばしヒクヒクと痙攣していたが、やがてグッタリと放心してしまった。

彼女が静かになると不二郎も舌を引っ込め、前後の穴からヌルッと指を引き抜いた。肛門に入っていた指に汚れの付着はなく、爪にも曇りはないが、ほのかな匂いが感じられた。

膣内に入っていた二本の指は、白っぽく攪拌《かくはん》された粘液にまみれ、指の間には膜が張るほどで、指の腹は湯上がりのようにふやけてシワになっていた。

不二郎は移動し、彼女の息づく豊かな乳房に顔を埋め、色づいた乳首を含んで舌で転がした。

さらに左右の乳首を舐めてから腋の下に顔を埋め、腋毛に鼻を埋めて甘ったるい汗の匂いを吸収した。

桔梗は正体を失くし、ただ荒い呼吸を繰り返すばかりだった。

それでも彼が桔梗の胸に跨がり、豊かな乳房の間に一物を挟んで揉んでから、先端を唇に押し当てると、

「ンン……」

小さく呻いて、パクッと亀頭を含んできた。

クチュクチュと舌をからめ、熱い息を彼の股間に籠もらせながら喉の奥まで呑み込んで吸ってくれた。

「ああ……」

不二郎は快感に喘ぎ、充分に唾液にまみれさせてから引き抜いた。

「こうして下さいませ」

彼は言って、桔梗を俯せにさせ、四つん這いにさせて尻を突き出させた。

不二郎も膝を突いて股間を進め、後ろから先端を膣口に押し当てて挿入していった。

「アアッ……！」

ヌルヌルッと根元まで押し込むと、桔梗が白い背中を反らせて喘いだ。

指と舌による三点攻めで気を遣っても、やはり一つになるのは格別のようだった。

後ろ取り（後背位）も実に心地よく、下腹部に密着して弾む尻の感触が何より興奮をそそった。

不二郎は腰を抱えて股間をぶつけるように前後させ、膣内の摩擦を味わった。

さらに背中に覆いかぶさり、両脇から回した手で乳房をわし摑みにしながら腰を遣った。

しかし喘ぐ表情が見えないので、途中で彼は身を起こし、繋がったまま桔梗を横向きにさせた。彼女の下の脚に跨がり、上の脚に両手でしがみつくと、股間が交差して密着感が高まった。

松葉崩しの体位である。

さらに何度か腰を突き動かし、内腿の感触まで味わってから、彼は抜けないよう股間を押しつけたまま、今度は桔梗を仰向けにさせていった。

ようやく本手（正常位）になり、不二郎は身を重ね、腰を動かしながら上からピッタリと唇を重ねていった。

「ンンッ……」

桔梗も熱く呻きながら両手を回し、ズンズンと股間を突き上げはじめた。

不二郎は白粉臭の甘い息を嗅ぎながら激しく動き、舌をからめながら美女の生温かな唾液をすすった。

胸の下では豊かな乳房が押し潰れて弾み、恥毛も擦れ合い、コリコリする恥骨の膨らみまで伝わってきた。

「い、いく……、アアーッ……！」

とうとう桔梗が気を遣ってしまい、身を弓なりに反らせて口走り、ガクンガクンと狂おしく腰を跳ね上げた。

不二郎も、膣内の収縮に巻き込まれ、続けて絶頂を迎え、大きな快感とともにありったけの精汁を勢いよく注入した。

「あう……、感じる……！」

噴出を受け止め、駄目押しの快感を得たように桔梗が呻き、さらにキュッときつく締め付けてきた。

不二郎は快感を貪りながら最後の一滴まで出し尽くし、満足しながら徐々に動きを弱めていった。

「ああ……、こんなの、初めて……」

桔梗も熟れ肌の強ばりを解きながら、すっかり満足したように言い、なおも膣内の収縮を繰り返していた。

不二郎は力を抜いて豊満な肌に身を預け、かぐわしい息の匂いを嗅ぎながら、うっとりと快感の余韻を味わった。

「申し訳ありません……、少々乱暴にしてしまいました……」

「いえ……、この次は、もっと激しく……」

不二郎が囁くと、桔梗も薄目で彼を見上げながら息を弾ませて答えた。

やがて呼吸を整えた彼が身を起こし、そろそろと引き抜いて、懐紙で手早く一物の処理をしてから、丁寧に陰戸を拭い清めてやった。

「アア……、申し訳ありません。力が抜けて、起きられません……」

「ええ、まだ猶予がありますので、少し横になってお休み下さい」

桔梗が済まなそうに言うが、実際グッタリして身動きできないようで、不二郎も気遣って答えた。

そして彼だけ着物と袴を着け、藩校へ行く仕度を調えていると、ようやく桔梗もノロノロと身を起こし、身繕いをはじめた。

やはり、彼女もここへ来ただけのことはあったようで、すっかり満足した様子に不二郎も嬉しく思ったものだった。

二

「どうやら、今日も何事もないようですね」

夕刻、不二郎は藩校に集まった女子たちに言った。

「あるいは、他国へ流れていったとも考えられますが、まだまだ油断なさいませんように」

彼は言い、自分は藩校を引き上げてきた。

すっかり静香と並ぶ指導者のようになってしまったのが面映ゆいが、誰もが不二郎の落ち着きと風格を認めはじめているようだ。

大部分は、藩校に泊まり込んで警備を続けることになった。藩校は麓《ふもと》にあり、見張り小屋との連携も滑らかなのである。

しかし、一家の当主である年配者たちも多くいるため、もう香苗や里美との情交は出来なかった。

静香も女子たちを率いて藩校に泊まり込み、もちろん陣屋敷の警備も不二郎をはじめ女たちが守っていた。

不二郎は日が落ちる頃に陣屋敷に戻って、大台所で夕餉を済ませ、侍長屋へ戻ってきた。

「あ……！」

すると、そこに一人の女が座っていたのである。

長い赤毛を束ね、獣の皮で作ったらしい利休茶《りきゅうちゃ》の袖無しを着ていた。赤銅色の腕は太く逞しいが、胸が豊かで、谷間が実に艶めかしい。荒縄で腰を縛って脇差を帯び、裾も短いのでムッチリとした太い太腿も丸出しだった。そして脚絆《きゃはん》を着け、胡座《あぐら》をかいてじっと不二郎を見つめていた。

瓜実顔で目の吊り上がった、何とも凄みのある超美女である。

「ひ、緋冴……」

「ほう、なぜ私の名を知っている」

彼女が、落ち着いた声音で静かに言った。

「夢で見た」

「ふふ、おかしな奴。お前の名は」

「辺見不二郎」

「そうか。領内を探るうち、どうもお前が警護の要のようなので訪ねてきたが、何と弱そうな男」

「他の仲間は」

「もう誰もいない。みな私が殺した」

「え……?」

「分け前がどうのと五月蠅《うるさ》く言う奴らばかりだ。高飛びにも面倒だし、もともと誰も信じていない」

緋冴が言う。

他の連中がいないのなら安心だった。そして彼女も、一人だから警護の網をくぐって難なくここへ来られたのだろう。

「先に襲った手下も、みな死んだのだろう。手間が省けた」

「……」

「私が欲しいのは、持てるだけの金だけだ。そう、二百両もあれば充分。素直に差し出せば藩の誰も殺さぬ」

「虫の良いことを……。おいそれと渡すわけにゆかぬ」

「ならば、戦って奪うまで」

緋冴が、胡座のまま右膝を立てた。居合の立て膝だが、そうした法則を越え、実戦の修羅場を多く経てきた海千山千の凄みがあった。

と、不二郎も身構えたとき、彼の背後に二つの影が舞い降りた。

白い影と黒い影。

双子の二人も、不二郎の左右で懐剣を構えた。さすがに素破で、不穏な気配を察して来てくれたのだろう。

「噂に聞く、黒百合に白百合か。仙界流しという秘術があるそうな」

「なぜそれを……」

緋冴の言葉に、黒百合が驚いたように言った。

術に、そうした名があるとは不二郎も初耳だった。してみると、この緋冴も素破なのだろう。

「参る」

緋冴が言い、立て膝のまま跳躍して抜刀した。

山から藩校まで広く警備していたが、実際には、この六畳一間の侍長屋が戦場となってしまった。

黒百合が仰向けになって大股開きになり、浮かせた両脚を抱えて陰戸を丸出しにした。渦が起きるまで、白百合が逆手に構えた懐剣で応戦。

しかし宙に舞った緋冴の口から、ペッと痰《たん》の塊のような粘液が吐き出された。

素破同士の戦いは、ドタバタと音の立たない、何とも奇妙なものだった。

「う……！」

白百合を庇《かば》って前に出た不二郎の左目に、粘液が直撃し、拭っても目が開かなくなってしまった。

そこへ緋冴の脇差が唸り、不二郎と白百合は咄嗟に刀を交差させて攻撃を受け止めた。火花が散り、辛うじて緋冴は構え直した。

そのとき不二郎と白百合の背後に、空気の渦を感じた。

「どいて！」

後ろから黒百合の声がしたので、不二郎と白百合は左右に身を避けた。

するとと正面から攻撃しようとした緋冴が、黒百合の股間に生じた黒い穴に吸い込まれていった。

しかし緋冴は、渦に呑み込まれる寸前、不二郎の腕を摑み、すごい力で一緒に巻き込んでいったのだった。

「うわ……！」

不二郎は緋冴とともに、再び仙界への闇に包まれていった。一瞬気を失いかけたが、彼は二度目なので辛うじて意識を取り戻すと、例の長閑な草の上に身を投げ出されていた。

見えない左目を押さえながら、やっとの思いで身を起こすと、すでに緋冴がそこに立ち、周囲の風景を見回しているではないか。

「な、なぜ、追い出されない……」

不二郎は、緋冴がここに立っていることが信じられなかった。通常なら、邪心の固まりはすぐにも仙境に拒まれ、全てを吸い取られ白百合の陰戸から産み出されているはずである。

「何と、懐かしい景色……」

しかし緋冴は、風に吹かれているように涼しげに言った。

「ここは、私の故郷。私は、黒百合や白百合と、同じ素破の里の出なのだ」

「なに……」

不二郎は驚いて緋冴を見た。同郷ならば、どこか遠くで血が繋がり、それで仙境に受け入れられたのだろう。

「里は数が減り、黒百合と白百合が最後の赤子として産まれた。みな律儀に里吉藩に仕えていたが、私は御免だった。もう戦乱もないので活躍の場もない。自分より無能な武士の命令を聞くのも嫌だ」

「それで里を出て、山賊になったのか」

「その方が面白く、好きなだけ技も使える。かつてなら、抜け忍は地の果てまで追われるところだが、今はそのような追手に割ける忍者の数は少ないし、私より手練れなど一人もいなかった」

緋冴は言い、抜き身の脇差を腰の鞘《さや》に納めた。

「戦いは終わりだ。お前を殺せば仙界から抜けられなくなろう」

不二郎も刀を納め、目を洗おうとせせらぎの方へ移動しようとした。

「無駄だ。私の痰は水では溶けぬ」

「では、何で洗えば良い」

「その痰を溶かすのは唯一、私の淫水だけだ」

「な、ならば頼む……」

不二郎は、これほどの強敵にも淫気を催し、股間が熱くなってきてしまった。

「私の淫水は酸だ。お前の顔まで溶かすかも知れぬぞ」

「な、ならば、どうすれば良い……」

まったく、黒百合と白百合もそうだが、素破の女というのは、突拍子もない特異体質が多いようだ。また、そうでなければ多くの山賊など従えるのは不可能だったろう。

「私が、お前を気に入れば溶けぬ。言いなりになれ」

緋冴が言い、不二郎も小さく頷いた。

「全て脱いで横になれ」

言われて、不二郎は大小を鞘ぐるみ脱いで置き、袴と着物を脱いで草の上に敷いた。

さらに襦袢と下帯も解き放ち、全裸になると、緋冴も袖無しの着物を脱ぎ、脚絆も解いて、全て彼が脱いで敷いたものの上に重ねた。

そこへ仰向けになると、脱いだものから緋冴の濃厚な体臭が感じられた。

空は抜けるような青天井、飛ぶ鳥一羽見えず、草の中にも虫はいない。形だけを模した幻の理想郷だ。

そこへ、一糸まとわぬ長身の緋冴が近づいた。

赤銅色の肩も腕も脚も、男のように太く逞しいが、さすがに乳房や腹は色白だった。

静香以上の筋肉美と、修羅場だけの人生をくぐってきた凄みが、何とも言えない艶めかしさを醸し出していた。

三

「舐めろ」

緋冴が真上から見下ろし、彼の顔に大きな足裏を乗せて言った。

まるで巨大美女に踏みつけられているようで、不二郎は激しく勃起しながら舌を這わせはじめた。

「ふん、勃っている。変に武士の矜持《きょうじ》など持たぬところは好ましい」

緋冴は彼の股間を見下ろして言い、指の股も彼の鼻に押しつけてきた。

長く山野に暮らしていたからか、指の間は汗と脂にジットリ湿り、今まで嗅いだ中で最も濃厚な匂いを沁み付かせていた。

不二郎は鼻腔を刺激されながら爪先にしゃぶり付き、指の股も念入りに舐め回した。

「ああ……、いい気持ち……」

緋冴は喘ぎながら足を交代させ、不二郎も新鮮な味と匂いを貪った。

そして不二郎が充分に貪り尽くすと、ようやく緋冴も脚を引き離し、添い寝してきた。

これだけ男のように筋肉が付いているのに、乳房は驚くほど豊かだった。

彼に腕枕をし、色づいた乳首を口に押しつけてきた。

「う……」

顔中が柔らかな膨らみに覆われ、不二郎は小さく呻きながら乳首に吸い付き、舌で転がした。

「気持ちいい、もっと強く……、噛んでも良い……」

緋冴が、次第に熱く息を弾ませて言い、不二郎も強く吸い付き、そっと歯を立てた。

「あうう、いい、もっと……」

緋冴が喘いだ。これほど頑丈だと、痛いぐらいの刺激が良いのだろう。

やがて彼女はのしかかり、もう片方の乳房も含ませ、膨らみを押しつけた。

汗ばんだ胸元や腋からは、何とも甘ったるく濃厚な体臭が漂い、不二郎は左右の乳首を充分に味わってから、腋の下にも顔を埋めた。

「女の匂いが好きか。いい子だ……」

緋冴は言い、好きにさせてくれた。

不二郎は濃い腋毛に鼻を埋め込み、汗の湿り気と、毒々しいほどに悩ましい匂いを貪った。

やがて彼女が身を起こし、屹立した肉棒に指を這わせてきた。

「もう我慢できない……」

緋冴は言って幹を握り、顔を移動させていった。

屈み込むと、束ねた長い赤毛がサラリと内腿に流れ、彼女の熱い息が恥毛をくすぐった。

彼女は長い舌を伸ばし、まずはふぐりをヌラヌラと舐め回し、二つの睾丸を転がしてから、不二郎の脚を浮かせ肛門にもヌルッと舌先を潜り込ませてきた。

「あう……」

彼は美女に犯されているような心地で呻き、肛門でモグモグと舌先を締め付けた。内部で蠢く舌に、屹立した肉棒がヒクヒクと上下に震え、鈴口から粘液を滲ませた。

緋冴は舌を引き抜き、いよいよ一物の裏側をゆっくり舐め上げ、舌先でヌラヌラと鈴口を舐め回し、粘液をすすった。そして張りつめた亀頭にしゃぶり付くとスッポリ根元まで呑み込んでいった。

「ああ……」

不二郎は喉の奥まで含まれ、温かく濡れた口腔にキュッと締め付けられて喘いだ。吸引も強く、嚙み切られるのではないかという妖しい不安すら快感に拍車を掛けた。

しかし歯を当てることもなく、緋冴は根元を丸く口で締め付けながら頬をすぼめて吸い付き、内部でクチュクチュと執拗に舌をからめてきた。

「い、いきそう……」

不二郎は急激に高まり、警告するように声を洩らした。

しかし緋冴はさらに吸い付き、顔を上下させスポスポと濡れた口で強烈な摩擦を開始してきた。

彼も股間を突き上げ、とうとう昇り詰めてしまった。

「く……!」

突き上がる大きな絶頂の快感に呻きながら、不二郎はありったけの熱い精汁をドクンドクンと勢いよくほとばしらせ、緋冴の喉の奥を直撃した。

「ンン……」

噴出を受け止めながら彼女が熱く鼻を鳴らし、そのまま最後の一滴まで吸い出してくれた。

「あうう……」

不二郎は、魂まで吸い出されるような思いで呻き、全て出し切ってグッタリと四肢の力を抜いた。

緋冴も亀頭を含んだまま口に溜まった精汁をゴクリと一息に飲み込み、ようやくスポンと口を離し、なおも幹をしごきながら鈴口から滲む余りのシズクを執拗に舐め取った。

「ああ、やはり若い男は旨《うま》い……」

緋冴は顔を上げ、ヌラリと舌なめずりしながら言った。そして身を起こして移動し、荒い呼吸を繰り返している彼の顔に跨がってきた。

「気に入れば淫水が漏れる。まず尻から舐めろ」

彼女は言い、遠慮なく不二郎の鼻と口に尻の谷間を押しつけてきた。

「ウ……」

不二郎は顔中を逞しい双丘で踏まれ、心地よい窒息感に呻いた。

可憐な薄桃色のツボミは襞が揃い、僅かに枇杷《びわ》の先のように肉を盛り上げ、滑らかな粘膜まで覗かせていた。それが鼻に密着すると、秘めやかな匂いが鼻腔を刺激してきた。

もちろん嫌ではなく、不二郎は舌先でチロチロと舐め、襞の収縮を味わってから、ヌルッと潜り込ませて粘膜を舐めた。

「あう……、いい気持ち……」

緋冴も、モグモグと舌先を肛門で締め付けながら呻いた。

しかし彼の鼻先にある陰戸は、まだ潤ってはいない。相当に濡れにくい体質なのかも知れないが、陰唇は綺麗な色と形で、光沢あるオサネも大きくツンと突き立っていた。

やがて緋冴は充分に肛門を舐めさせると、いよいよ彼の顔の上を僅かに移動し割れ目を口に押しつけてきた。恥毛も濃く密集し、鼻を埋め込むと汗とゆばりの匂いが濃厚に籠もっていた。

これも嫌ではない。むしろ刺激臭が強いほど、美女に犯されているような気持ちになり、彼は嬉々として舌を這わせた。

大きめの陰唇を舐め回し、中に差し入れると汗かゆばりのような味わいがあり息づく膣口の襞も掻き回した。

柔肉をたどってオサネまで舐め上げ、上の歯で包皮を剝き、指先ほどもある突起に吸い付いた。

「ああ……」

緋冴が、小さく喘いだが、まだ本格的に感じている様子はない。

不二郎は試しにオサネをそっと嚙み、コリコリと動かしながら舌先で強く弾くように舐め、さらに強く吸い付いた。

「アア……、いい、感じる……」

思った通り、緋冴は声を上ずらせはじめた。

乳首を嚙んだときに思ったが、やはり彼女はオサネすらも歯による強い刺激を欲していたのだ。

さらに彼はオサネを歯と舌で愛撫しながら、指を肛門に浅く挿し入れ、膣口にも二本の指を潜り込ませてそれぞれ蠢かせた。

「く……、気持ちいい……、もっと強く……、アアッ……！」

緋冴も激しく喘ぎはじめ、クネクネと腰を動かし、前後の穴で彼の指が痺れるほどきつく締め付けてきた。

そして、次第に指の動きがヌラヌラと滑らかになり、クチュクチュと湿った摩擦音が聞こえはじめたのだ。

「ああ……、漏れる……！」

たちまち緋冴が口走るなり、ポタポタと大量の淫水が溢れてきた。

酸味が強いが、溶かされることはなく、不二郎は顔中に粗相したような滴りを受け止めた。

すると見えなかった左目の粘液が、徐々に溶けて流れはじめた。

「入れたい……」

やがて緋冴が言うなり彼の顔から股間を引き離し、一物へと移動していった。

もちろん肉棒はピンピンに勃起し、彼女は幹に指を添えて先端を膣口に受け入れ、ゆっくり腰を沈み込ませてきた。

「アアッ……！　いい……」

ヌルヌルッと根元まで呑み込み、彼女は股間を密着させて喘いだ。

何度か腰をくねらせてから身を重ねると、緋冴は不二郎の肩に太い腕を回して顔を寄せてきた。

そして粘液にまみれた左目に舌を這わせてくれた。

「さあ目を開けて」

言われて、濡れた睫毛を開くと痛みもなく、うっすらと緋冴の顔が見えた。

「ああ、見える……」

「そう、もう大丈夫」

緋冴は言い、そのまま上からピッタリと唇を重ね、ヌルッと長い舌を挿し入れながら腰を動かしはじめた。

彼もネットリと舌をからめながら、超美女の火のように熱い息吹を嗅いだ。

湿り気を含んだ吐息は、秘境の妖花のように毒々しい甘さを濃厚に含み、不二郎の鼻腔を刺激的に掻き回してきた。

舌を伝って滴る唾液も粘り気が強く、またもや不二郎は犯されているような快感に包まれ、ズンズンと股間を突き上げはじめた。

「ンンッ……！」

緋冴も熱く呻きながら腰を遣い、互いの動きが激しく一致してきた。

「アア……、いく……！」

緋冴が淫らに唾液の糸を引きながら顔をのけぞらせ、たちまちガクンガクンと狂おしい痙攣を開始して気を遣った。

「く……！」

不二郎も大きな絶頂の快感に突き上げられ、呻きながら熱い大量の精汁を勢いよく中にほとばしらせた。

「き、気持ちいいッ……！」

緋冴は声を上ずらせて身悶え、不二郎も膣内の収縮と快感に酔いしれながら最後の一滴まで出し尽くした。すっかり満足して動きを弱めていくと、

「ああ……、こんなに良かったの、初めて……」

緋冴も全身の硬直を解きながら、うっとりと声を洩らして力を抜いていった。

どうやら不二郎の十人分の淫気と硬度が彼女をいかせ、すっかり気に入られたようだった。

不二郎は、超美女の濃厚な口の匂いを嗅ぎながら、うっとりと余韻に浸り、いつまでもキュッキュッと収縮する膣内に刺激され、ヒクヒクと幹を震わせて呼吸を整えたのだった。

四

「川の下流に、お頭の屋敷があったはずだが」

「ええ、あっちに」

身繕いを終えた緋冴が言い、不二郎も大小を帯びて答えた。

緋冴は、かつて馴染んでいた風景を思い出しながら、不二郎は前に来た記憶を頼りに、二人は一緒にせせらぎに沿って歩きはじめた。

間もなく屋敷が見えてきた。

しかし、前とはどこか違っていた。

「何だ、これは……」

緋冴も声を洩らし、目の前に聳《そび》える門を見上げた。

不二郎も驚いていた。屋敷の形は前と全く同じだが、その大きさが五倍ほども巨大になっているではないか。

とにかく入り、上がり框を上がって廊下を進んでも、何やら自分たちが小さくなってしまったような錯覚に陥った。

「前は、奥に誰がいた」

「百合という、黒百合と白百合の二人を合わせた女が」

「なるほど……、この仙界の主か……」

緋冴が言い、やがて二人は進み、不二郎が前に入ったことのある、奥の座敷に行った。

襖を開けて入ると、中に何と黒髪と白髪が半分ずつの全裸の百合が横たわり、肘枕をしてこちらを見つめているではないか。

「あ……」

「不二郎、また会えると思っていた。お前は、緋冴か」

百合が、物憂げに横になったまま言う。緋冴のことは、当然ながら前に吸収した山賊たちの意識があるので分かるのだろう。

部屋の大きさに合わせたその身の丈は、およそ五丈（約十五メートル）ほどもあるだろうか。

室内には、濃厚に甘ったるい体臭が立ち籠めていた。

部屋も布団も百合も、大きさの調和は取れているのに、不二郎と緋冴のみが五分の一ほどの大きさしかないのだった。

巨大な百合は、何とも異様な艶めかしさに満ちていた。

「前のとき、不二郎と静香と小夜の快楽を吸い、この大きさになった」

百合が言い、さすがの緋冴も息を呑んで立ちすくんでいた。

「さあ、元の世界に帰りたくば、私を満足させて」

言われて、不二郎は激しい淫気に見舞われ、たちまち大小を置いて袴と着物を脱ぎはじめてしまった。

もともと受け身の好きな不二郎は巨大な美女に呑み込まれたいような願望もあり、それが激しい淫気となっていた。

すると緋冴も、百合の発する気に呑まれたように、急激な淫気を催したのだろう、すぐにも同じように全裸になっていった。

百合は仰向けになって股を開いた。

そこへ緋冴が迫っていった。やはり女同士、感じるところを攻めようというのだろう。

不二郎は柔らかな乳房に這い上がり、巨大な乳首を愛撫し、甘ったるい濃厚な体臭に包まれた。進んで百合の美しい唇に迫ると、彼女も口を開いてくれた。白く滑らかな歯並びの間から顔を差し入れると、口の中に籠もった甘酸っぱい芳香が顔中を包み込んだ。

不二郎は、巨大美女の唾液と吐息の匂いで胸を満たしながら、滑らかに蠢く舌に顔を擦りつけた。

すると百合も、彼の上半身を含み、まるで一物でもしゃぶるように舌を蠢かせたのだ。不二郎は生温かな唾液にまみれ、百合の口の匂いに包まれながら激しく勃起した。

やがて百合が彼を吐き出し、股間へと移動させた。

「さあ、一緒に気持ち良くして……」

百合が言い、不二郎は巨大な陰戸に迫った。そこでは緋冴が大きなオサネを両手で擦り、下半身は膣内に没していた。

何とも非現実的な眺めに興奮し、不二郎も緋冴と一緒になってヌルヌルの膣内に下半身を潜り込ませていった。

まるで生温かな泥濘《ぬかるみ》に浸かったようだ。

内壁は妖しく蠢いて二人を締め付け、恥毛からは何とも悩ましい汗とゆばりの匂いが濃く漂っていた。

しかも緋冴と一緒に狭い膣内に潜り込んでいるから、蜜汁にまみれた彼女の肌も艶めかしく密着してきた。

「アア……、いきそう……、もっと中で動いて……」

百合が腰をくねらせて喘ぎ、二人の身体をモグモグと膣内で締め付けてきた。

「入れて、不二郎……」

緋冴が言い、不二郎も百合の膣内で、緋冴の陰戸に一物を押し込んでいった。

「ああッ……！」

緋冴が熱く喘ぎ、根元まで入った不二郎自身をキュッと締め付け、激しくしがみついてきた。不二郎も緋冴を抱きすくめ、ズンズンと激しく腰を突き動かすと彼女も股間を突き上げてきた。

何という奇妙なことだろう。巨大な百合の膣内に二人が身体ごと入り、さらに中で二人が繋がったのである。

その二人の腰の動きが、膣内に振動を与え、百合までもが絶頂を迫らせていったのだ。

「い、いく……、アアーッ……！」

三人が同時に口走ると、不二郎は百合の膣内で、緋冴の膣内に勢いよく射精した。緋冴の膣内が収縮して精汁を受け止めると、さらに百合の膣内も絶頂の痙攣を起こした。

不二郎は心ゆくまで快感を味わい、最後の一滴まで緋冴の中に出し尽くした。

そして緋冴もヒクヒクと身を震わせて息も絶えだえになると、百合もまた満足してグッタリと巨体を投げ出していった。

大量の淫水に押し流されるように、やがて不二郎と緋冴は繋がったままヌルッと膣口から押し出されていった。一物も引き抜け、二人はしばし百合の股間で呼吸を整えた。

すると、百合の手が伸び、淫水にまみれた緋冴の身体を摑み上げたのだ。

「緋冴、お前の力が欲しい……」

「あッ！　や、やめて……」

百合は言うなり、緋冴を頭から口に押し込み、悲鳴を上げる彼女をゴクリと飲み込んでしまったのだ。喉が膨らみ、それも治まると、あっという間に緋冴は巨大な百合の胃の腑に収まっていった。

「な、何をする……」

「不二郎とはまた会いたいので、元の世界へ戻す」

百合は言って不二郎の身体も摑み、同じように大口を開いて頭から呑み込んでいった。

「うわ……！」

不二郎は声を上げ、かぐわしい口の中から、さらに生臭い匂いの籠もる胃の腑へ落下していった。あとは生温かな闇の中をどんどん奥へと通過していったが、先に呑み込まれた緋冴に触れることはなかった。

やがて闇の彼方に白い渦巻きが見え、それがどんどん近づくと、不二郎はその中に呑み込まれていった。

五

「良かった。帰ってきたわ……」

黒百合の声がし、不二郎は全裸のまま粘液にまみれ、白百合の股間から外へ投げ出されていった。

そこは湯殿だ。二人は不二郎が戻ってくるのを見越し、すぐ洗えるよう湯殿で待機していたのだった。

湯で全身を洗ってもらい、ようやく人心地ついて周囲を見回すと、黒百合と白百合の他に、脱衣所からは家老の伊兵衛まで、心配そうにこちらを見ているではないか。

静香は藩校に泊まり込んでいるので、この騒動は知らないのだろう。

「大丈夫か、不二郎。山賊の女首領はどうした」

すでに話を聞いていたらしい伊兵衛が訊いてきた。

「は……、このようななりで失礼。緋冴は、仙界の主に呑み込まれ、そのまま吸収されてしまったものと思われます」

「呑み込まれ……」

「はい。仙界の主は人々の邪心や淫気を吸い、かなり巨大になっておりました」

そう聞いても、伊兵衛は理解できなかったかも知れないが、黒百合に白百合は何となく想像がついて小さく頷いた。

「とにかく、落着なのだな」

「はい。当藩を狙う山賊は、全ていなくなりました」

「左様か。むろん警護は怠らぬようにする。ご苦労だった、ゆっくり休め」

伊兵衛も安堵したように言い、奥へ引っ込んでいった。

やがて不二郎は二人に洗ってもらい、身体を拭いてもらって新たな寝巻に身を包んだ。

そして侍長屋へと戻ったが、黒百合と白百合は彼を寝かせると、左右から添い寝してきてくれた。

「百合が巨大に？」

「ええ、二人を合わせた黒髪と白髪が半分ずつの美女が、普通の五倍以上の大きさに」

黒百合が訊いてきたので、不二郎も、あの艶めかしい巨大美女を思い出しながら答えた。

「そうですか……、我らは事あるとき以外は慎ましやかに生きているつもりですが、あるいは抑えつけている邪念が百合という形になっているのかも……」

黒百合が、責任を感じているように言った。

「いや、邪念など誰もが持っているでしょう。修行を積んだ高僧でも、夢の中では人を殺めるやも知れず、人の心は誰にも責められません」

「有難うございます。それでも、今後当藩に災いを起こすようなら、我らはいつでも自らを処断する覚悟でおりますので」

「それは困る。何事も起こらねば良いのですから」

「何とお優しい……」

黒百合が囁き、仙界での何度かの射精などなかったかのように、不二郎も激しく勃起してきた。

「緋冴の痰でやられた目は、大事ありませんでしたか」

「ああ、緋冴の淫水で癒やされた。それにしても素破とは、不思議な術を持っているのだな」

「術と言うより、何代も掛け合わされて出来た、持って生まれた力なのです」

黒百合は言い、彼の淫気を察したように二人とも脱いで全裸になった。

そして不二郎の寝巻も脱がせ、両側からそっと彼の左右の乳首にチュッと吸い付いてきた。

熱い息で肌をくすぐりながらチロチロと舌を這わせ、彼が好むことを知っているので、キュッキュッと歯を立てて刺激してくれた。

「アア……」

不二郎は快感に喘ぎ、クネクネと身悶えた。

二人とも舌と歯で肌を這い下り、一物に迫ってきた。混じり合った息が恥毛に籠もり、舌先が幹の側面を両側から舐め上げ、交互に鈴口を舐め回して滲む粘液をすすった。

ふぐりにも二人は吸い付き、念入りに舐め回してくれた。

もちろん脚を浮かせて肛門にも交互にヌルッと舌が潜り込み、彼は締め付けながら美女たちの滑らかな舌を味わった。

そして二人の舌が一物に戻ってきたので、

「こちらにも……」

不二郎は言って、まずは黒百合の股間を引き寄せ、女上位の二つ巴になってもらった。

下から腰を抱え込み、潜り込んで柔らかな恥毛に鼻を埋め、汗とゆばりの蒸れた芳香を嗅いでから割れ目に舌を這わせ、オサネを舐め回した。

「ンン……」

亀頭をしゃぶっていた黒百合が熱く呻き、反射的にチュッと強く吸い付いてきた。不二郎は溢れる蜜汁をすすり、さらに伸び上がって尻の谷間にも鼻を埋め込み、ツボミに籠もった微香を嗅いでから舌を這わせた。

やがて前も後ろも存分に舐め尽くすと、彼女は白百合と交代し、今度は彼女が跨がってきた。

似た匂いと形状で、違うのは恥毛の色だけだ。

不二郎は、白百合の肛門と陰戸も充分に舐め、オサネに吸い付いた。するとまたオサネがムクムクと勃起してきたので、これも黒百合とは違うところだった。

不二郎は突き立ったオサネを含んで吸い、執拗に舌をからませた。

「ああッ……！」

白百合も感じて声を上げ、とても一物をしゃぶっていられなくなったようだ。

すると黒百合が一物に跨がり、陰戸に受け入れていった。

ヌルヌルッと心地よい肉襞の摩擦が幹を包み、やがて根元まで呑み込まれると黒百合が股間を密着させてきた。

「アア……、いい気持ち……」

彼女が顔をのけぞらせて喘ぐと、白百合も彼の顔から離れて添い寝した。

すると黒百合が身を重ね、横から白百合も顔を寄せてきて、三人で舌をからめはじめた。

不二郎は、混じり合った甘酸っぱい息を嗅ぎながら、それぞれ滑らかに蠢く舌を味わい、流れ込む二人分の唾液でうっとりと喉を潤した。

ズンズンと股間を突き上げると、黒百合も応えて腰を遣い、その快感が伝わったように白百合も熱く息を弾ませた。

溢れる淫水が動きを滑らかにさせ、湿った摩擦音が響き、不二郎も急激に高まってきた。

すると黒百合が、先に気を遣ってしまった。

「い、いく……、アアッ……！」

ガクンガクンと狂おしい痙攣を開始し、膣内の収縮を高めた。

しかし不二郎が我慢していると、やがて満足したように黒百合が股間を引き離し、すかさず白百合が上から挿入してきたのだ。

同じようでいて、微妙に異なる温もりと感触に包まれ、いよいよ不二郎も危うくなってきた。

二人の術そのもののように、黒百合は吸いつきが良く、白百合は強く押しつけていないと押し出されるような収縮が活発だった。

今度は白百合が正面から覆いかぶさり、唇を重ねてきた。

黒百合はグッタリしながらも、息を弾ませて横から割り込み、ネットリと舌を蠢かせてくれた。

さらに顔中を押しつけると、双子の美女たちは彼の鼻の穴から頬までヌラヌラと舐め回し、生温かな唾液にまみれさせてくれた。

「ああッ……！」

甘酸っぱい吐息と唾液の匂いに包まれながら、とうとう不二郎も昇り詰め、白百合の柔肉の奥に、ありったけの熱い精汁をドクンドクンと勢いよくほとばしらせた。

「あう……、熱いわ……」

白百合が噴出を感じて呻いた途端、続いて激しく身を震わせ、絶頂に達していった。

不二郎は快感に身をよじり、心置きなく最後の一滴まで出し切り、徐々に突き上げを弱めていった。

「アア……、溶けてしまいそう……」

白百合が声を洩らし、満足げにグッタリと力を抜いて体重を預けてきた。

不二郎も四肢を投げ出し、二人の温もりと匂いを感じながら、うっとりと快感の余韻を嚙み締めた。

膣内はいつまでもヒクヒクと小刻みな収縮を繰り返し、刺激されるたびに一物も応えるようにピクンと内部で跳ね上がった。

やがて呼吸を整えていると、白百合が股間を引き離して身を起こし、二人して一物のヌメリを丁寧に舐め取ってくれた。

舌が執拗に鈴口に這い、余りの精汁をすすり、二人分の淫水も綺麗にした。

「ああ……」

不二郎が過敏に反応して喘ぐと、ようやく二人は顔を上げた。

そして二人で、彼の寝巻と搔巻を整えてくれた。

「さあ、では今宵はゆっくりお休み下さいませ」

身繕いをした二人が一礼して言い、静かに部屋を出て行った。

第六章　姫様の夜這い

一

治水工事が完了し、藩士たちが続々と領内に帰ってきた。

香苗と里美も、予定通り婚儀をして所帯を持ち、藩内には平和と活気が戻ってきた。

見張り小屋の警備も若い藩士たちが交代で行ない、不二郎も藩校に行って学問をするという日常になった。

「辺見、お前が静香様より強いという噂があるのだが」

あるとき、剣術自慢の松尾《まつお》という男が藩校で不二郎に声を掛けてきた。稽古着姿で、一暴れして休憩中なのだろう。

「それは、何かの間違いでしょう」

「俺もそう思う。暢気に留守番していたからな、女たち相手に気楽に稽古し、妙な噂が流れたのだろう」

松尾は意地悪く言った。二十歳で、筋肉隆々の猛者である。

「工事はご苦労だったと思いますが、留守居には留守居の役目があります。気楽にしていたわけではありません」

「ふん、山賊の襲撃を受けたか。ほとんど静香様が退治したと聞いている。それとも、修羅場をくぐって度胸がついたのなら、一手願おうか」

松尾は、憎々しげに顔を歪めて言った。

「いいですよ」

「おお、やるか」

不二郎の返事に驚き、松尾は道場へと彼を連れて行った。

男の門弟たちも、道場の隅で休憩して汗を拭っていた。

その中には、静香もいた。そして松尾が不二郎に袋竹刀を渡したので、審判を買って出るように立ち上がって中央に出た。

「松尾。甘く見ず全力で戦え」

静香が、道場で自分に次ぐ手練れの彼に一言言った。

「え……？　私に、本気でやれと？　どうかなってしまいますよ、この優男《やさおとこ》が」

「とにかく、対峙すれば分かる」

静香が言い、不二郎は股立ちも取らず得物を持って礼をした。

松尾も鷹揚に頷き、袋竹刀を青眼に構えた。不二郎も同じく青眼。

「む……」

対峙してみて、松尾は不二郎の言いようのない風格に頬を引き締めた。

しかし不二郎は、春風に吹かれるように無造作に間合いを詰めていった。

「く……」

思わず後退した松尾だが、何でこんな奴に圧倒されているのだと自分を叱咤するように踏みとどまり、丹田に力を入れた。

何しろ、男女の門弟のほとんどが見ているのである。長い治水工事を終え、久々に生き生きと剣術の稽古に復帰したのに、みっともないところは見せられないのだろう。

だが、これは松尾が望んだ試合である。

長身の迫力で上段に構えると、逆に押し返す迫力で踏み込んできた。

「エヤッ……！　あ……」

気合いを発し、不二郎の面を取ったかと思った瞬間、松尾は得物を落として声を洩らした。

門弟たちが呆然と見る中、カランと袋竹刀が床を転がった。

「押さえ小手あり」

静香が言い、不二郎は静かに元の位置に戻った。

「お、おのれ……」

松尾は憤怒に顔を真っ赤にして呻き、落とした得物を急いで拾うなり、再び身構えた。

「い、いま一手！」

彼は声を上ずらせて言い、不二郎は小さく頷いて得物を構えた。

さすがに松尾も、今度は慎重に間合いを詰めてきたが、不二郎から見たら静香ほどの迫力はなかった。

またもや不二郎はスタスタと間合いを詰め、相手の得物を巻き上げながら松尾の脳天を打った。

「うわ……」

松尾は声を上げ、杭を打たれるようにペタリと尻餅を突き、同時にカランと袋竹刀が転がった。

「それまで」

静香が言うと、不二郎は一礼して得物を返し、静かに道場を出て行った。

松尾は、二本続けて取られたことよりも、悉《ことごと》く得物を取り落とした屈辱に、しばし立ち上がることも出来ないようだった。

「待って」

静香が追ってきた。道場では冷静だったが、今は息を弾ませ、興奮に頬を紅潮させていた。

「来て、こっち」

彼女は不二郎を、藩校の中にある奥の部屋へ招き入れた。

そこは家老が視察に来たとき休息する部屋で、泊まる仕度もされていたから、すぐにも床を敷き延べた。まだ道場では後半の稽古もあるし、どちらにしろここには誰も来ない。

どうやら静香は、淫気が燃え上がってしまったらしい。

「脱いで」

彼女は、自分から袴と稽古着を脱ぎながら言い、不二郎も手早く全て脱ぎ去っていった。

「不二郎、すごい……」

二人全裸で横たわると、静香が熱い息で囁いてきた。

「いえ、百合に貰った力なので自慢になりません」

「ううん、松尾は強いが前から気に入らなかった。だから胸がすっきり」

静香は言い、彼に腕枕してギュッと抱きすくめてきた。

不二郎も、稽古途中でジットリ汗ばんだ美女の腋の下に顔を埋め、腋毛に沁み付いた甘ったるい体臭を嗅ぎながら激しく勃起していった。

腋を舐めるとうっすらと汗の味がし、徐々に移動して突き立った乳首にチュッと吸い付いた。

「アア……」

静香が顔をのけぞらせて喘ぎ、彼の顔を抱きすくめてグイグイと膨らみに押しつけてきた。

不二郎も心地よい窒息感に包まれながらチロチロと乳首を舌で転がし、もう片方にも手を這わせて揉みしだいた。

さらにのしかかって、もう片方の乳首も含んで吸い、充分に舐めてから汗ばんだ肌を舐め下りていった。

臍を舐め、腰から脚を味わいながら這い下り、足の裏にも舌を這わせた。

汗と脂にジットリ湿った指の股にも鼻を割り込ませ、ムレムレになった匂いを嗅いだ。

そして左右の爪先をしゃぶり、味も匂いも堪能してから脚の内側を舐め上げ、股間に顔を迫らせていった。

割れ目からはみ出す陰唇は、すでに興奮に色づき、間からは白っぽい淫水も滲みはじめていた。不二郎は茂みに鼻を擦りつけ、汗とゆばりの混じった匂いを嗅ぎ、舌を這わせていった。

淡い酸味の蜜汁をすすり、息づく膣口からオサネまで舐め上げていくと、

「ああッ……、いい気持ち……」

静香が身を弓なりに反らせて喘ぎ、内腿でキュッときつく彼の顔を締め付けてきた。

不二郎は尻の谷間にも鼻を埋め込み、ツボミに籠もる微香を嗅いでから舌を這

わせ、内部にもヌルッと潜り込ませた。そして粘膜を味わってから、再び陰戸に戻りオサネに吸い付いた。

「わ、私も……」

静香が急激に高まり、果てるのを惜しむように言って身を起こしてきた。入れ替わりに仰向けになると、静香は屈み込み、貪るように一物にしゃぶり付いてきた。

「く……」

強く吸われ、不二郎は呻きながら腰をくねらせた。

静香は喉の奥までスッポリと呑み込み、温かく濡れた口の中で執拗に舌を蠢かせ、熱い鼻息で恥毛をくすぐった。そして顔を上下させ、スポスポと充分に摩擦してからチュパッと引き離し、彼の股間に跨がってきた。

唾液に濡れた先端を陰戸にあてがい、ヌルヌルッと一気に根元まで受け入れていった。

「アアッ……、いい……」

深々と真下から貫かれ、静香が身を反らせて喘ぎ、キュッときつく締め付けてきた。

不二郎も、肉襞の摩擦に包まれながら激しく高まった。

すぐにも静香が身を重ね、彼の肩に腕を回して抱きすくめながら、熱烈に唇を密着させてきた。

不二郎も、燃えるように熱い息を嗅ぎ、濃厚な花粉臭に鼻腔を湿らせながら舌をからめ、ズンズンと股間を突き上げた。

「ンンッ……!」

静香もきつく締め付けながら呻き、腰を遣いはじめた。

不二郎は美女の唾液と吐息を貪りながら、急激に高まり、そのまま昇り詰めてしまった。

「く……!」

突き上がる絶頂の快感に呻き、熱い大量の精汁を勢いよく内部に放った。

「あぁッ……、気持ちいい、いく……!」

噴出を受け止めると、静香も口を離して喘ぎ、ガクンガクンと激しく痙攣して気を遣った。

不二郎は膣内の収縮に合わせて最後の一滴まで出し尽くし、動きを弱めながらうっとりと快感の余韻に浸り込んでいった。

「アア……」

静香も満足げに声を洩らし、強ばりを解いてグッタリともたれかかってきた。

「不二郎、お前に嫁ぎたい。今宵にも、父に言う……」

「え……？」

息を弾ませて言う静香の言葉に、不二郎も驚いた。

「お前の子が欲しい。良いな、不二郎、いや、旦那様。私が上になるのは、これを最後にする……」

静香は膣内を収縮させせながら言い、燃えるような眼差しで近々と彼の目の奥を覗き込んできた。

確かに、彼女には弟がいて今は江戸にいるから、伊兵衛の跡継ぎは必要ないのだ。

そして不二郎も、辺見家を存続させるため所帯を持たねばならない。

だが、家老の娘をもらうとなると、かなり困難が伴うだろう。

「七つも年上の女は嫌か」

「いえ……、私の方に異存があるはずありませんが……」

「ならば進める。約束……」

静香も眼差しを和らげて言い、もう一度キュッときつく締め付けてきた。

二

「静香さんとの婚儀の件、伺いました。良いお話と存じます」

夜、不二郎の部屋に桔梗が来て言った。

静香は本気で伊兵衛にも相談し、伊兵衛は小夜と桔梗にも話したようだった。

むろん夕刻には不二郎も伊兵衛に呼ばれ、どうやら本当に話が進められはじめたのである。

伊兵衛も、不二郎の実力や風格を認め、異存もないようだった。

あとは江戸の主君、里吉広隆に書状を送り、許しを得るだけらしい。

「はい、何やら夢でも見ているようです」

「これで辺見家のご先祖も安堵なさることでしょう。でも、少しだけ姫様は寂しそうでした」

「そうですか……」

「むろん、姫様も分かっております。婚儀が、己の勝手にはならぬ事ぐらい」

桔梗は言い、着物を脱ぎはじめた。

「構いませんか。まだ婚儀前なので、来てしまいましたが」

「ええ、もちろん」

不二郎も手早く寝巻を脱ぎ去った。

「静香様が、婚儀が整ったら、もう茶臼（女上位）はせぬと言ってましたが、そういうものでしょうか」

「それは、そうです。大切な旦那様を跨ぐなど」

「私は、下になる方が好きなのですが」

「では、どのようにも私が存分にして差し上げましょう」

桔梗が慈愛の眼差しで言い、一糸まとわぬ姿になった。

不二郎も全裸になって布団に仰向けになると、桔梗も添い寝してくれた。

彼は腕枕してもらい、豊かな乳房に顔を埋め込み、乳首に吸い付いていった。

「アア……」

舌で乳首を転がすと、桔梗が甘ったるい体臭を揺らめかせて喘いだ。

不二郎は軽く歯を当て、柔らかな膨らみに顔中を押しつけながら愛撫し、もう片方にも吸い付いて舐め回した。

さらに腋の下にも鼻を埋め込み、艶めかしい腋毛に籠もる濃厚な汗の匂いに酔いしれた。

そして滑らかな熟れ肌を舐め下り、腹から脚、足裏まで舌でたどっていった。

足指の股に鼻を埋めて蒸れた匂いを嗅ぎ、爪先にしゃぶり付いて両足とも味わった。

そして彼女を俯せにさせ、踵から脹ら脛、ヒカガミから太腿、尻の丸みをたどって腰から背中を舐め上げた。

肌はうっすらと汗の味がし、彼は肩まで行って耳の後ろや髪の匂いを嗅ぎ、うなじから背中を這い下り、脇腹にも寄り道して尻に戻ってきた。

両の親指でムッチリと双丘を広げ、奥でひっそり閉じられた薄桃色のツボミに鼻を埋め込み、秘めやかな微香を嗅いだ。

舌を這わせ、細かに収縮する襞を舐め、内部にもヌルッと潜り込ませて滑らかな粘膜も味わった。

「く……」

桔梗が顔を伏せて呻き、彼の舌先をモグモグと肛門で締め付けてきた。

やがて不二郎は充分に美女の肛門を味わい尽くしてから、仰向けになって彼女の股間に舌から潜り込んでいった。

「どうするのです……」

「顔に跨がって下さいませ」

言うと、桔梗も息を弾ませながら身を起こし、不二郎の顔に跨がってくれた。

彼も真下から豊満な腰を抱え、柔らかな茂みに鼻を埋め込んだ。

隅々には、汗とゆばりの匂いが悩ましく籠もり、彼は何度も嗅ぎながら舌を這わせていった。

「アア……」

膣口からオサネまで舐めると、桔梗が熱く喘ぎ、ギュッと陰戸を彼の口に押しつけてきた。不二郎も執拗にオサネを舐めては、トロトロと溢れてくる淡い酸味の蜜汁をすすった。

「ねえ、桔梗様、ゆばりを出して下さい」

「出ません、このような場所で」

「こぼしたりしませんので、どうか少しだけでも」

不二郎は執拗に言い、真下から柔肉に吸い付いた。

「ああ……、そのように吸ったら……」

桔梗は息を震わせて言い、不二郎もさらに強く吸い付き、執拗に陰戸の中を舐め回した。

「アア……、いけません、出る……」

桔梗が声を上ずらせた途端、柔肉の味わいと温もりが変わり、彼の口の中にポタポタと温かい雫が滴ってきた。それもすぐにチョロチョロとした一条の流れになって注ぎ込まれた。

不二郎は夢中になって喉に流し込んだが、噎せたりこぼしたりする前に、すぐ勢いが弱まり、放尿は治まってしまった。

なおも余りのシズクを舐め取り、吸い付いていると、

「も、もう堪忍……」

桔梗は彼の顔の上に突っ伏し、それ以上の刺激を拒むように移動していった。

そして彼の股間に顔を寄せ、屹立した一物にしゃぶり付いてきたのだ。

「ああ……」

不二郎も受け身に転じ、美女の温かく濡れた口の中で、唾液にまみれた一物をヒクヒク震わせて高まった。

桔梗も、張りつめた亀頭を舐め回し、熱い息を股間に籠もらせて、含んで強く

吸い付いた。それでも頃合いと見て、スポンと口を引き離した。

「どうか、上から……」

不二郎が言うと、桔梗もそろそろと彼の股間に跨がり、先端を膣口に受け入れて、ゆっくり腰を沈み込ませてきた。

「アアッ……、いい……！」

桔梗が顔をのけぞらせ、ヌルヌルッと滑らかに根元まで陰戸に呑み込んでいった。そして股間を密着させ、すぐにも身を重ねてきたので、不二郎も快感に包まれながら抱き留めた。

すぐにもズンズンと股間を突き上げると、桔梗も合わせて腰を遣い、大量に溢れる淫水で動きを滑らかにさせた。

下から唇を求めると、

「ンンッ……！」

彼女も上からピッタリ密着させ、熱く甘い息を弾ませて舌をからめてきた。

不二郎は、白粉のように甘い刺激の息を嗅ぎながら、トロリとした唾液を飲み込み、滑らかに蠢く舌を味わった。

「い、いく……、ああーッ……！」

いくらも動かないうち、桔梗は口を離して激しく気を遣った。

ガクガクと狂おしく熟れ肌を悶えさせ、膣内の収縮も最高潮になった。

その心地よい摩擦に、続いて不二郎も激しく昇り詰め、快感に貫かれながら、ありったけの熱い精汁を勢いよくほとばしらせた。

「あう……、熱いわ……」

桔梗も噴出を感じ、駄目押しの快感を得ながら膣内を締め付けた。

不二郎は心置きなく最後の一滴まで出し切り、すっかり満足しながら動きを弱め、美女の息を嗅ぎながらうっとりと快感の余韻を味わったのだった。

三

「やあ、二人ともすっかりご新造さんだね」

昼間、不二郎は訪ねてきた香苗と里美を前にして言った。

つい先日まで二人は愛くるしい美少女だったのに、今は眉を剃り、お歯黒を塗った若妻だ。光沢あるお歯黒が、かえって赤い唇や、桃色の舌や歯茎を際立たせていた。

二人とも、陣屋敷の役職に就いている夫に弁当を持ってきたところらしく、帰りに侍長屋の不二郎を訪ねてきたのだ。

「旦那は、二人とも長い工事で大変だったから、相当に飢えているだろう」

「ええ、毎晩されて痛いです。それに、やっぱり舐めたりせず、少し触っただけで入れてきます」

不二郎が言うと、香苗が答え、里美も同じようらしく頷いた。

「まあ、それでも入れられるうち慣れて、気持ち良くなってくるよ」

「はい、でも不二郎さんにされたときが一番気持ち良かったです」

「じゃ、今からまた舐めてあげようか？」

彼が言うと、二人は思わず顔を見合わせた。

「でも、静香様との婚儀が進んでいると聞きますけれど、よろしいのですか？」

「ああ、あなた方さえ構わなければ、私は一向に」

不二郎は言って激しく淫気を催し、すぐにも床を敷き延べ、袴を脱ぎはじめてしまった。

すると二人も立ち上がって帯を解き、着物を脱ぎはじめた。

先に全裸になり、不二郎は新造となった二人が脱いでいく様子を眺めて気を高めた。

やがて二人は、新造の羞じらう仕草で一糸まとわぬ姿になった。

「じゃ、並んで寝て」

言うと、二人も素直に並んで布団に仰向けになった。

不二郎は、二人の足の方に顔を寄せ、香苗の足裏から舐め、縮こまった指の股に鼻を押しつけ、蒸れた匂いを貪った。

「あん……」

爪先をしゃぶられ、香苗が可愛い声で喘ぎ、不二郎は両足とも味わってから、里美の足も同じように賞味した。

どちらもムレムレの匂いを籠もらせ、あるいは二人して不二郎を訪ねようと相談したときから、こうなる期待を抱いていたのだろう。

だから脚の内側を舐め上げて股間に迫ると、すでに二人ともヌラヌラと熱い淫水を漏らしていたのだった。

先に香苗の股間に顔を埋め、柔らかな恥毛に鼻を擦りつけ、甘ったるい汗の匂いと刺激的な残尿臭を嗅ぎ、濡れた柔肉を舐め回した。

息づく膣口からオサネまで舐め上げると、

「アアッ……！」

香苗はビクッと顔をのけぞらせて喘ぎ、内腿でムッチリと彼の両頬を挟み付けてきた。

もちろん脚を浮かせ、白く丸い尻の谷間にも顔を押しつけ、可憐なツボミに鼻を埋めると、秘めやかな微香が悩ましく籠もっていた。

舌で細かな襞を舐め回し、ヌルッと内部にも潜り込ませて粘膜を味わった。

「ああ……、恥ずかしいけれど、いい気持ち……」

香苗がうっとりと喘ぎ、モグモグと肛門で彼の舌を締め付けてきた。

やがて前も後ろも味わってから、不二郎は里美の股間に移動し、同じように恥毛に鼻を埋め込んで嗅いだ。

こちらも、汗とゆばりの匂いが濃厚に籠もり、悩ましく鼻腔を刺激してきた。

舌を這わせると、淡い酸味の蜜汁がトロトロと溢れ、彼はすすりながらオサネを舐め回した。

「ああン……、気持ちいいッ……！」

里美も身を弓なりに反らせて喘ぎ、きつく彼の顔を締め付けてきた。

味と匂いを充分に堪能してから脚を浮かせ、尻の谷間にも舌を這わせ、微香を嗅ぎながら肛門にヌルッと舌を潜り込ませた。

やがて二人の前と後ろを味わい尽くすと、彼は滑らかな新造の肌を舐め上げ、それぞれの色づいた乳首を吸い、舌で転がしていった。

腋の下からも甘ったるい体臭が漂い、彼は順々に腋に顔を埋め、濃厚な汗の匂いで胸を満たしたのだった。

そして二人の真ん中に仰向けになっていくと、香苗も里美も心得たように半身を起こし、左右から彼の乳首を吸い、そっと噛んでくれた。

香苗は積極的な要素が強くなり、里美もまた羞じらいながらも欲望に素直になりつつあるようだった。

「ああ……」

不二郎はうっとりと喘いで快感を味わい、肌をくすぐる若妻たちの熱い息に身悶えた。

二人は彼の肌を舐め下り、やがて股間で熱い息を混じらせた。先にふぐりに舌を這わせ、頬を寄せ合いながらそれぞれの睾丸を舌で転がし、優しく吸い付いてきた。

袋全体を生温かな唾液にまみれさせると、二人は舌先で肉棒を舐め上げ、交互に鈴口をチロチロとくすぐり、張りつめた亀頭にもしゃぶり付いてきた。

代わる代わるスッポリと含み、頬をすぼめて吸い、クチュクチュと舌をからめてはスポンと引き抜いて交代した。

「い、入れて……」

すっかり高まった不二郎が言うと、二人も顔を上げ、先に香苗から一物に跨がってきた。そして二人分の唾液にまみれた先端を陰戸に押し当て、ゆっくりと腰を沈み込ませてきたのだ。

「あう……」

まだ多少は痛いらしく、香苗が微かに眉をひそめて呻いた。

それでも潤いが充分なので、一物はヌルヌルッと滑らかに根元まで呑み込まれていった。

不二郎も快感を嚙み締め、股間に香苗の重みと温もりを受け止めた。

「アア……、やっぱり、舐められている方が心地よいわ……」

香苗は、彼の胸に両手を突き、何度か試しに腰を動かしたが、まだ気を遣るには至らないように言った。

それでも回を重ねるごとに、やがては痛みも消えるだろうし、心地よくなることだろう。

香苗は途中で動きを止め、そっと股間を引き離した。すかさず里美が跨がり、幹に指を添えてヌルヌルッと受け入れていった。

「アア……、気持ちいい……」

里美の方は、最初からあまり痛みもなかったようなので成長が早く、すでに快感を得はじめているようだった。

不二郎は、微妙に異なる温もりと感触を味わい、内部でヒクヒクと幹を震わせた。すると里美が身を重ね、上から唇を求めてきた。

不二郎が唇を重ねると、添い寝した香苗も横から割り込んで、舌をからめてきたのだ。

彼は混じり合った唾液で心地よく喉を潤しながら、それぞれ滑らかに蠢く舌を舐め回した。二人の吐息は甘酸っぱい果実の匂いに、ほんのり鉄漿の金臭い匂いも混じっていた。

不二郎は二人分の唾液と吐息を味わいながらズンズンと股間を突き上げ、たちまち絶頂に達してしまった。

「く……!」

突き上がる大きな快感に呻き、ありったけの熱い精汁をドクンドクンと内部にほとばしらせると、

「い、いく……、ああーッ……！」

里美は唾液の糸を引いて口を離し、狂おしく身悶えながら喘いだ。

どうやら気を遣ったらしく、膣内の収縮も高まり、不二郎は快感に酔いしれながら最後の一滴まで出し尽くした。

そして満足しながら徐々に動きを弱め、二人分の果実臭の息を嗅ぎながら、うっとりと快感の余韻を味わったのだった。

「アア……、良かった……」

里美もうっとりと力を抜きながら言い、まだキュッキュッと締め付けながら彼に体重を預けてきた。

「里美に先を越されたわ。私も、そんなに気持ち良くなるかしら……」

香苗は、少し妬ましげに呟き、それでも息を弾ませていつまでも横から肌をくっつけていた。

不二郎は収縮の中、何度かヒクヒクと幹を震わせて呼吸を整えた。

やがて里美がそろそろと股間を引き離すと、自分の陰戸を手早く懐紙で処理し

ながら、二人で体液にまみれた一物をしゃぶって綺麗にしてくれた。

「ああ……」

不二郎は余韻の中で喘ぎ、二人に身を任せていた。

ようやく二人も立ち上がって身繕いをし、まだ横たわっている彼に掻巻を掛けてくれ、乱れた髪を整えながら静かに部屋を出て行った。

不二郎は心地よい脱力感の中、まだ昼過ぎだというのに、そのままウトウトと微睡《まどろ》んでしまったのだった。

四

（ここは、仙境か……？）

不二郎は、自分が夢を見ていることを自覚しながら、全裸のまま長閑な野原の風景を見回していた。

すると、そこに異様なものが出現したのだ。

「な、何だ……！」

不二郎は、その姿に立ちすくんで声を上げた。

現れたのは、黒髪に白髪、さらに赤毛の混じった巨大な女だ。

顔が二つ、それは百合と緋冴の顔ではないか。それが豊かな乳房を揺らし、何と手と足が四本ずつ、つまり二人分が合体していたのである。

「りょ、両面宿儺《りょうめんすくな》……！」

不二郎は目を丸くした。

それは日本書紀に記述のある、仁徳天皇の時代に現れたという怪物だ。

どうやら百合と緋冴が融合し、二面四臂の化け物になっていたのだ。

恐ろしいが、何とも艶めかしかった。揺れる乳房も、ムッチリした太腿も、全て二人分が一つになっているのである。

「不二郎」

百合の方が口を開いた。

「私は緋冴と一人になり、お前の住む世に行くことにした。そこで、多くの者と快楽を分かち合い、より多くの者を殺したい」

「な、何を言う……」

不二郎は後ずさりながら答えた。

二人の邪心と淫気が、強大な力となって、この閉ざされた仙界から外へ出ようとしているのだ。

「その前に、お前の精汁が欲しい」

百合は言い、いきなり不二郎に飛びかかってきた。

「うわ……」

仙界では百合に抗する術もなく、彼は押し倒されてしまった。

草の上に仰向けになり、上から巨大な美女が覆いかぶさってきた。

一物をいじられ、二人分の舌が顔中に這い回ると、不二郎は唾液のヌメリと悩ましい息の匂いにムクムクと反応してしまった。

さらに彼女は、二人分の手足で彼を押さえつけながら顔を移動させ、一物にしゃぶり付きはじめたのだ。

「う……」

不二郎は、妖しい快感に呻いた。

百合と緋冴の長い舌が肉棒にからみつき、たちまち彼自身は生温かな唾液にまみれた。

そして彼女は一物を呑み込みながら身を反転させ、不二郎の顔に股間を押しつけてきた。

脚は四本だが、陰戸は真ん中に一つだけ。それは何とも艶めかしい色と形で息づき、熱い淫水を漏らして彼の口に密着してきた。

野趣溢れる濃厚な体臭に噎せ返る彼の口に、トロトロと大量の蜜汁が注ぎ込まれてきた。大きなオサネに嚙みついても、彼女は怯むことなく、むしろ快楽を得たように腰をくねらせた。

やがて二人は一物から口を離して向き直り、彼の股間に跨がってきた。上から身を重ねられ、一物はヌルヌルッと滑らかに陰戸の奥に呑み込まれていった。

「アア……」

不二郎は、熱く濡れて締まりの良い柔肉に包まれて喘いだ。

「ああ、何と気持ち良い……、これで力が貰える……」

百合は言い、緋冴とともに彼の顔中を舐め回し、激しく腰を遣ってきた。

「よ、止せ……、あぁッ……！」

恐ろしいほどの快感に、不二郎は急激に絶頂を迫らせて悶えた。

「お前の精汁を吸い、白百合の陰戸から外へ出る。手始めに、里吉藩を思いのままにしてやろう」

てしまった。

百合は言いながら腰を遣い、いけないと思いつつ、不二郎はとうとう昇り詰めてしまった。

「あうう……」

溶けてしまいそうな快感に呻き、彼は激しく射精してしまった。

「アア……、いく……！」

間近にある百合と緋冴の顔が恍惚にうっとりとし、膣内を締め付けて精汁を吸い取った。

不二郎は最後の一滴まで出し尽くし、グッタリと四肢を投げ出した。

百合も何度か膣内を収縮させ、熱く甘い息を弾ませていた。

やがてすっかり満足すると、百合は股間を引き離して立ち上がった。

そして四本の手に、かつて不二郎や静香が仙界に置きっぱなしにしてあった刀や脇差を持ち、不二郎に背を向けて歩きはじめた。

「ま、待て……！」

不二郎は叫びながらも金縛りに遭ったように身動きできず、もがいているうちにハッと目を覚ましたのだった……。

――自分の部屋で起き上がると、また股間が濡れていた。

「い、いけない……」

不二郎は脱力感の中で必死に立ち上がり、急いで身繕いをして侍長屋を飛び出していった。

陣屋敷の中庭を横切り、母屋に向かうと、そこに何といきなり松尾が立ちはだかってきた。

「辺見、もう一度勝負してくれ。今度は木刀だ」

彼は言い、手にした二本のうち一本の木刀を差し出してきた。

「そんな暇はない。どけ！」

「なに、貴様逃げるか！」

不二郎が言うと、松尾はいきなり打ちかかってきた。

その懐に飛び込んで松尾の腕を摑み、不二郎が背を向けて身を沈めると、壮絶な背負い投げに松尾の身体が宙に舞った。

「うわーッ……！」

松尾は悲鳴を上げ、放物線を描いて庭の池に落下していった。これで松尾も、もう二度と不二郎に挑んできたりはしないだろう。

大きな水音をあとに母屋に駆け込み、不二郎は奥向きに向かっていった。

「何の騒ぎです！」

「すみません。ご家老を！」

不二郎は答え、すぐにも黒百合と白百合の部屋に飛び込んでいった。

しかし、そこには布団が敷かれ、白百合が横たわり、仰向けで目を閉じていたのだった。

傍らには、黒百合もいた。そして彼女も、白百合と同じく死に装束を身にまとっていたではないか。

「く、黒百合さん……、白百合は……？」

「たった今、息を引き取りました。陰戸から、百合が出てこようとしたので毒を飲み」

「そ、そんな……」

不二郎は言い、その場にへたり込んでしまった。

「では、百合が出ようとしたのが分かったのだな……」

「ええ、私もまた毒を飲んでおります。いくらも話せません。申し訳ありませんが、横になります……」

黒百合が言い、白百合の隣に横たわった。

「莫迦な……、他に方法はあったろうに……」

「ございません。最後に不二郎様にお目にかかれて嬉しかったです……」

黒百合も、声に力が入らなくなり、そのまま目を閉じた。

そこへ、桔梗と伊兵衛が入ってきた。

「何としたことか……」

伊兵衛は言ったが、不二郎は黒百合の手を握り、ただうなだれていた。すでに黒百合も事切れていた。

喉を突いたり首を括ったりしないのは、屋敷内を汚さぬためという、控えめで慎ましやかな、素破らしい潔い死であった。

「当藩は、守られました……」

不二郎は、力なく言った。

これで緋冴と合体した百合も、出口を見失って永遠に仙境から出て来られないだろう。

「どういうことだ」

伊兵衛に訊かれ、不二郎は手短に説明した。

桔梗も、青ざめながら白百合と黒百合の様子を見て手を握り、悲しげに小さく首を振った。

「左様であったか……。当藩に仕えた功労ある最後の素破たちが、これにて絶えてしまったか……。手厚く葬ってやろう……」

伊兵衛が言い、不二郎も小さく頷いたのだった。

五

「不二郎、来てしまいました……」

夜半、不二郎の部屋に何と小夜が訪ねてきたのだった。

「ひ、姫様、なぜこのようなところに……」

不二郎も驚いて彼女を迎え入れ、他に誰もいないことを確認して戸を閉めた。

姫君が夜に、自分の部屋を抜け出して庭を横切り、侍長屋まで来るなど不可能である。

「誰にも見つからなかったのは、きっと、黒百合と白百合が守ってくれたのでしょう」

小夜は言い、寝巻姿で縋り付いてきた。

不二郎も寝巻に着替え、床を敷き延べて行燈を消そうかという頃合いだった。

恐らく小夜は、密かに戯れる悦びを教えてくれた黒百合と白百合の死があまりに衝撃で、心細くて不二郎に会いに来てしまったのだろう。

不二郎も急激に淫気を催し、小夜を抱きながら布団に横たえ、互いの帯を解いて抜き取り、彼女の胸元を開いていった。

桜色の乳首にチュッと吸い付き、舌で転がすと、今まで内に籠もっていた熱気が甘ったるい匂いを含んで立ち昇ってきた。

「ああ……、もっと強く……」

小夜も激しく喘ぎ、彼の顔をきつく胸に抱きすくめた。

不二郎は柔らかな膨らみに顔中を埋め込んで感触を味わい、充分に乳首を舌で転がしてから、もう片方も含んで舐め回した。

そして左右の乳首を充分に味わってから、乱れた寝巻の中に顔を潜り込ませ、腋の下にも顔を埋め込んでいった。

和毛に鼻を擦りつけると、甘ったるく上品な汗の匂いが馥郁と鼻腔を刺激してきた。

彼は姫君の体臭を心ゆくまで嗅ぎながら舌を這わせ、肌を舐め下りていった。張りのある腹に移動し、可憐な臍に舌を差し入れて蠢かせ、腰からムッチリした太腿をたどっていった。

足裏にも舌を這わせ、汗と脂に湿って蒸れた匂いの籠もる指の股にも鼻を割り込ませ、爪先にもしゃぶり付いた。全ての指の間を舐めてから、もう片方の足も賞味し、やがて腹這いになって脚の内側を舐め上げていった。

「アア……」

小夜も仰向けになり、僅かに立てた両膝を左右全開にして声を洩らした。

不二郎は滑らかな内腿を舐め、熱気と湿り気の籠もる陰戸に顔を埋め込んでいった。

柔らかな若草に鼻を擦りつけると、汗とゆばりの匂いが可愛らしく鼻腔をくすぐり、舌を這わせると淡い酸味のヌメリが迎えてくれた。

息づく膣口の襞を掻き回し、柔肉をたどってオサネまで舐め上げていくと、

「ああ……、いい気持ち……」

小夜は、すっかり快楽に没頭したように声を洩らし、内腿でキュッキュッと彼の両頰を挟み付けてきた。不二郎もチロチロと執拗にオサネを舐め回し、溢れて

くる清らかな蜜汁をすすった。

さらに脚を浮かせ、形良い尻の谷間に鼻を埋め込み、ひんやりした双丘に顔中を密着させ、可憐なツボミに籠もる微香を嗅いだ。そして舌先でツボミをくすぐり、細かに収縮する襞を味わい、ヌルッと内部にも潜り込ませて粘膜を執拗に舐め回した。

やがて姫君の前も後ろも充分に舐めると、彼女も絶頂を堪えながら身を起こしてきた。

入れ替わりに不二郎が仰向けになると、小夜は彼の股間に陣取り、熱い息で恥毛をそよがせながら先端にしゃぶり付いてきた。

鈴口を舐め回し、亀頭を含んで呑み込み、頬をすぼめてチュッチュッと無邪気に吸い付いてくれた。

「ああ……、姫様……」

不二郎は畏れ多い快感に喘ぎ、唾液にまみれた一物をヒクヒクと震わせた。

小夜はふぐりも舐め回し、睾丸を転がしてから、自分がされたように彼の腰を浮かせ、肛門にも舌を這わせてきたのだ。

「い、いけません、そのようなこと……」

不二郎が声を上ずらせて言っても、小夜は執拗に舐め、内部にもヌルッと潜り込ませてきた。

彼は震えるような快感の中、この世で最も清らかな姫君の舌を、最も不浄な肛門でモグモグと味わうように締め付けた。

唾液にまみれた一物は、内側から操られるように上下に震え、いよいよ快感が高まってきた。

小夜は肛門から舌を引き離し、再び肉棒を喉の奥まで頬張って舌をからめ、ようやくチュパッと口を離した。

「どうぞ、上から……」

言うと、小夜もすぐに跨がり、先端に陰戸を押し当ててゆっくり座り込んできた。たちまち、唾液に濡れて屹立した肉棒は、姫君の柔肉の奥へヌルヌルッと呑み込まれていった。

「アア……」

小夜が顔をのけぞらせて喘ぎ、完全に股間を密着させて膣内を締め付けてから、やがて身を重ねてきた。不二郎も抱き留め、僅かに両膝を立てて締まりの良い感触と熱いほどの温もりを味わった。

すると小夜が、少しずつ腰を動かしながら屈み込み、彼の乳首にチュッと吸い付いてくれた。

「噛んで下さいませ、強く……」

囁くと、小夜も綺麗な歯並びでキュッと乳首を挟み、熱い息で肌をくすぐりながら甘美な刺激を与えてくれた。

「ああ……、気持ちいい……」

左右の乳首とも噛んでもらい、不二郎は快感に喘ぎながらズンズンと股間を突き上げはじめた。

「ああ……、もっと奥まで……」

小夜も、すっかり膣感覚の快楽に目覚めて喘ぎ、突き上げに合わせて腰を遣ってくれた。溢れる淫水が律動を滑らかにさせ、クチュクチュと湿った摩擦音も聞こえてきた。

小夜もすっかり高まりながら、上からピッタリと唇を重ねてくれた。

不二郎は柔らかな感触と唾液のヌメリを味わい、甘酸っぱい息の匂いに酔いしれながらネットリと舌をからめた。

小夜の唾液がトロトロと注がれ、不二郎もうっとりと味わってから喉を潤し、さらに姫君のかぐわしい口に鼻まで押し込み、悩ましい湿り気を嗅ぎながら股間の突き上げを速めていった。

「い、いく……、アアッ……！」

もう堪らずに不二郎は昇り詰め、大きな快感の渦に巻き込まれながら、ありったけの精汁を勢いよく姫君の内部にほとばしらせてしまった。

「あう……、気持ちいい、いく……、ああーッ……！」

噴出を感じた途端、小夜も声を上ずらせ、ガクンガクンと狂おしい痙攣を起こしながら気を遣った。

膣内の収縮も最高潮になり、不二郎は快感に酔いしれながら、心置きなく最後の一滴まで出し尽くし、徐々に動きを弱めていった。

「ああ……、こんなに良いの初めて……」

小夜も満足げに声を洩らし、徐々に全身の硬直を解いてグッタリともたれかかってきた。

不二郎は完全に動きを止め、姫君の重みと温もりを受け止め、甘酸っぱい息の匂いを嗅ぎながら、うっとりと快感の余韻に浸り込んだ。

まだ膣内はキュッキュッと締まり、刺激されるたび一物が過敏に反応して、中で何度かピクンと跳ね上がった。

互いに荒い息遣いを混じらせて重なり、やがて小夜がノロノロと股間を引き離してゴロリと横になった。

不二郎は呼吸を整えて身を起こし、懐紙で丁寧に小夜の陰戸を拭き清めてやった。もう出血することもなく、すっかり情交で気を遣るようになってしまい、膣口は名残惜しげな収縮を繰り返していた。

彼も手早く一物を拭い、再び添い寝した。

「ねえ、不二郎……、静香と所帯を持っても、また出来るだろうか……」

「そ、それは、姫様の思し召しのままに……」

不二郎が答えると、小夜も甘えるように肌をくっつけてきた。

「あ……」

「どうなさいました？」

いきなり小夜が声を上げるので、不二郎は驚いて聞き返した。

「陰戸が、何だか変……」

言われて彼も身を起こし、もう一度姫君の股間を覗き込んだ。

すると何と、そこに白い渦が巻き起こりはじめているではないか。

「ま、まさか、ここから出てくるつもりか……」

不二郎は戦慄した。

小夜も前に仙界に取り込まれていたから、百合もすっかり彼女に波長を合わせはじめたのかも知れない。

まさか、不二郎も姫君に刃を向けるわけにゆかず、ただ呆然とするばかりだ。

そうする間にも白い穴が広がり、奥から二人分の女の哄笑が、不気味に谺《こだま》してきたのであった……。

あとがき

お買い上げ有難うございます。

本書は、私の好きな山田風太郎へのオマージュでもあります。双子のくノ一が、ブラックホールとホワイトホールを使う〝仙界流し〟というトンデモない術を使いますが、これは山田作品「甲賀忍法帖」に出てくる、〝吸息の旋風鎌いたち〟という術がヒントになってます。

タイトルは、当初は「くノ一淫魔境」としていました。これは吉川英治の冒険小説「神州天馬侠」の語感が好きだったからです。

奇想天外な術の攻防と、官能の両方をお楽しみいただければ嬉しいです。

では、これからも工夫を凝らしてまいりますので、今後とも睦月の官能ワールドをよろしくお願いいたしします。

平成二十五年初夏

睦月影郎

◎書き下ろし

二見文庫

双子《ふたご》くノ一《いち》 忍法仙界流《にんぽうせんかいなが》し

著者 睦月影郎《むつきかげろう》

発行所 株式会社 二見書房
東京都千代田区三崎町2-18-11
電話 03(3515)2311 [営業]
03(3515)2313 [編集]
振替 00170-4-2639

印刷 株式会社 堀内印刷所
製本 株式会社 村上製本所

ISBN978-4-576-13076-7
http://www.futami.co.jp/

二見文庫の既刊本

書き下ろし時代官能小説

女人天狗剣

MUTSUKI,Kagero

睦月影郎

倉沢藩三百万石の下級武士・小森純吾は、伯母の厠を覗いたことが見つかり、強く叱責される。意気消沈したまま「天狗山」と呼ばれる山へと入っていく純吾。そこで不思議な美女と出会い、情を交わす。その後、純吾の異性関係がすべてうまく行き始める。叱責された伯母、薙刀の師範、従妹、そして下女まで……。超人気作家による待望の時代官能書き下ろし！